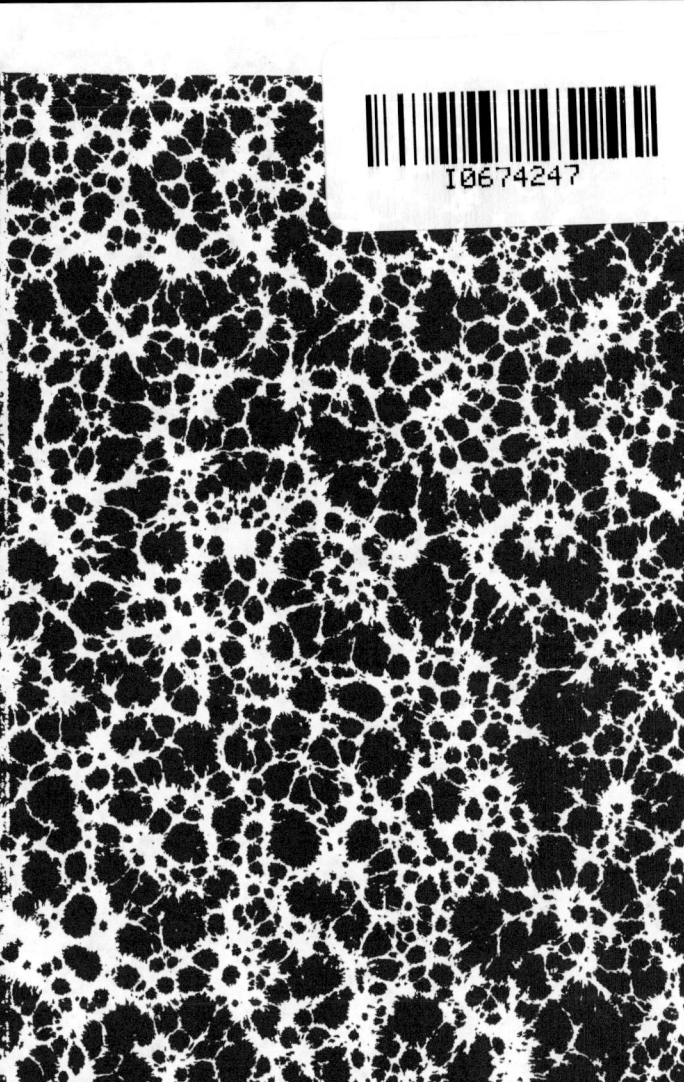

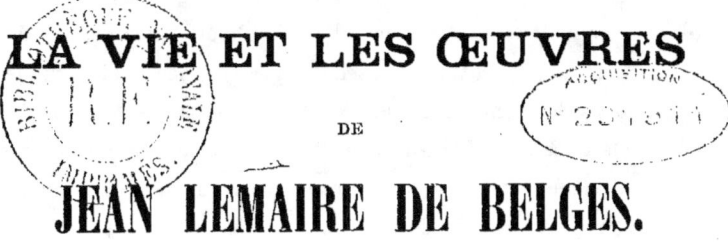

NOTICE

SUR

LA VIE ET LES ŒUVRES

DE

JEAN LEMAIRE DE BELGES.

I.

Ce surnom de *Belges* a paru si étrange que, de nos jours
encore, plus d'un s'obstine à écrire *des Belges*. Pourtant, quand
Jean Lemaire signe *Belga* ou *Belgien*, il ne veut pas indiquer
autre chose que sa naissance à Bavay, en 1473. (1) Bavay doit
son nom de *Belgis* à une méprise de naïfs enthousiastes du
moyen age : (2) ils avaient fait une ville du *Belgium* de César.

(1) Œuvres de Lem. I, 4.
(2) Dans son édition des *Otia imperialia* de Gervais de Tilbury,
Félix Liebrecht (*Prima decisio* pp. 9 et 15) conjecture que *Belgis*
a été imaginé d'après un passage d'Isidore de Séville, Origg. 14, 4 :
Belgis est civitas Galliæ a qua Belgica provincia dicta est.
C'est donc, peut-être, un datif pluriel, et, en ce cas, le mot *civitas*
aurait produit la même équivoque qui a doté Tongres d'une « fontaine de Pline ».

Belgis (*Bagacum Nerviorum*) (1), place d'armes, sinon de
Boduognat, du moins des Romains, entre la mer, la Meuse et
la Seine, était la rivale de Tongres et de Tournai, et comme
un second Lyon d'Auguste et d'Agrippa. Une colonne milliaire
indiquait le centre de la Belgique ancienne (non encore mutilée
par les Français) et le point de départ de sept voies romaines.
Lucius de Tongres les attribue à Bavo, cousin de Priam ;
d'autres, appelant *Octavia* la ville où Tibère fit une entrée
triomphale, attribuent les chaussées soit au grand druide Brune-
hald, soit à la reine Brunehault. Bavay-la-Cachie, comme la
dénomma Jehan Le Bel, était célèbre par « la pierre aux sept
coins », par les *boves* ou souterrains où l'auteur de Baudouin de
Sebourg voyait « œuvre de payennie. » Les paysans y parlent
encore des murs de *layduct* ou aqueducs des Sarrasins...de Rome.
Malgré le sac des Vandales et les incendies signalés par les
chroniqueurs du XIVᵉ et du XVᵉ siècles, Bavay, l'ancienne capitale des fiers Nerviens, devenus les fidèles alliés des Romains,
pouvait encore montrer ce que Lemaire appelle « des ruines
merveilleuses ». Dans son enfance sans doute vagabonde, le
futur poète humaniste devait s'écrier comme Montaigne à Rome :
« ruines d'espouentable machine ». Avant les désastres accumulés

(1) Ou Bagaco, daprès la Table de Peutinger. V. *passim* Schayes,
La Belgique et les Pays-Bas avant et pendant la domination
romaine, Jacques de Guyse, Illustrations de la Gaule Belgique,
Guichardin, Bucherius, Alph. Wauters, Table chronologique des
chartes et diplômes imprimés. etc. t. VII, Introduction. — « Une
route, toute bordée de constructions romaines, a été retrouvée
depuis Bavay jusqu'à la Meuse. » M. Schuermans, préf. à Van
Dessel, Topographie des voies romaines.

(2) *Baudouin de Sebourc*, poème tout romanesque du XIVᵉ siècle
continué par *li Bastart de Buillon* (éd. Scheler, 1877). V. Potvin,
Nos siècles littéraires, t. II.

par les Iconoclastes, puis par Turenne, on pouvait mieux encore que le jésuite Boucher (*Belgium romanum*) constater *opus sane mirabile planeque romanum quod nos aliquoties diutiusque, magna animi voluptate nec minore admiratione consideravimus.*(1)

« Si Trèves, dit Schayes (II, 412) peut se vanter de posséder la seule basilique qui existe encore en deçà des Alpes, Bavay, à son tour, présente le seul cirque subsistant de nos jours dans toute l'étendue de l'ancienne Gaule. » Des traces de temples, de palais, d'aqueducs, de bains, d'hypocaustes, de murs en blocaille, de tours rondes, de tombeaux, des médailles, des monnaies, des inscriptions, des pierres gravées, des mosaïques, des vases, des tuiles, expliquent surabondamment pourquoi tant de légendes hantaient ce pays. Si peu qu'il y ait vécu, Lemaire en a senti l'obsession, l'hypnotisme.

Ronsard (préface de sa Franciade) nous dit : « Tout homme dès le naistre reçoit en l'ame je ne scay quelles fatales impressions qui le constraignent suivre plustost son destin que sa volonté. » Mais ici destin et volonté se confondent, car tout nous permet d'affirmer que Lemaire, comme il aime à le redire, fut de bonne heure poussé vers les études romaines. Sans doute, c'est à Valenciennes qu'il les fit sous la conduite de Molinet, son oncle et son parrain, mais Valenciennes n'était qu'à trois lieues de Bavay et n'offrait pas moins de suggestions classiques. Avec un esprit tout imaginatif les ruines se relèvent et se repeuplent à miracle. Valenciennes, « bonne et franke ville d'Empire », ne lui rappelle que *Valentia* et l'empereur Valentinien. Le souvenir de l'indiciaire Chastelain, mort à la Salle-le-Comte

(1) Aegidius Bucherius, recteur du collège de Liège, y publiait cette œuvre en 1655.

en 1475, s'harmonisait avec ces préoccupations de grandiose (1).

Le jeune poète romanise son nom, tantôt *Mairius*, tantôt *Marius*, quelquefois *Major*, à moins qu'il ne signe *Eriamel* par anagramme. S'il concourt aux ballades du Puy de l'Assomption (N. D. de Valenciennes), il cherche déjà comme le lui reproche Palsgrave, les mots de Renaissance. On dirait que le *puy* lui rappelle le *podium* des Césars. Son état d'âme ne se ressent à Valenciennes d'aucun des grands souvenirs du moyen-âge, ni de la chanson des Loherains, ni de Baudouin IX, ni de Henri VII, ni de Beaumont, le parangon de chevalerie, ni d'Artevelde, éloquent dans les deux langues du pays (2).

Lui, en sait deux aussi, mais c'est le latin et le français. Plus tard, il connaîtra toutes les finesses de l'italien. Bien qu'il reconnaisse que la Belgique est à la fois « Thyoise et Vualonne » (3) (comme il écrit malgré la prononciation française), il ne paraît pas avoir su beaucoup de flamand (4). Sans doute, son protecteur Maximilien recommandait cette langue, par exemple pour

(1) A. Dinaux, Archives du nord, 3ᵉ série, t. IV, 354. — On lit dans la *Chronique Annale* de Lemaire : « En la Salle-le-Comte en laquelle en ma première jeunesse j'avais chanté *Benedicamus*. »

(2) Quant à Froissart, il ne verra guère en lui le chroniqueur, mais l'aimable *facteur* du *Temple donnour* et des Pastourelles.

(3) Raoux (Mém. sur l'origine des l. flam. et wallon. p. 91) cite ces lignes de Lemaire pour prouver qu'il prend encore le mot *wallon* dans sa plus grande extension : « Et de ladite ancienne langue wallonne *ou rommande*, nous usons en nostre Gaule Belgique, c'est-à-dire en Hainault, Cambresis, Artois, Liége Namur, Lorraine, Ardenne et le rommand Brabant » (Illustrations, l. 3). Vauquelin de la Fresnaye (*Art. poétique*) dit :

Or l'Vualon estant tout le premier vulgaire. »

(4) M. Thibaut (Thèse de 1888) arguë à tort de ce passage de la 1ʳᵉ Epistre de l'*Amant verd* :

« Tant en Francois comme en langue Flamengue,
En Castillan et en Latin aussy. »

l'éducation de Charles Quint (I). Lemaire lui-même, en sa Chronique, était obligé de constater que c'était, en Flandre, la langue officielle des serments solennels. Néanmoins, comme on verra, l'influence française fut trop profonde pour n'être pas absorbante et exclusive. Peut-être a-t-on supposé sa connaissance du flamand, en croyant devoir lui appliquer ce que Guichardin (*Descrizione de Paësi Bassi*, 1567) dit à propos de *Bavais Vallone* : « La plus part des hennuiers apprennent aussy la langue flamande de leurs voisins. » (trad. du XVIe s.)

(1) Leglay, Corresp. de Max et Marg. II, 175.

II.

A la Salle-le-Comte de Valenciennes, bâtie par Baudouin IV comte de Flandre et de Hainaut, Jean Molinet, alors indiciaire de Bourgogne (vers 1485), chanoine et agrégé du Puy de Rhétorique aimait à régenter le plus jeune de ses neveux qui devait être « son loingtain imitateur ». L'autre, qui mourut dans la guerre de Gueldre, ne reçut qu'une éducation militaire (1). Jean, qui avait le feu sacré, s'exerça avec une précocité dangereuse aux plus subtiles inventions rythmiques recommandées par Molinet dans son *Petit traictée compillé à l'instruction de ceulx qui veulent apprendre l'art de rhétorique* (B. N. fr. 2375).

Le puy de Valenciennes presque aussi ancien que celui d'Arras, chef d'ordre de la Flandre, avait dû populariser les « patrons, exemples, couleurs, figures et tailles de dictiers » comme on les *paragonnait* déjà dans les traités d'Eustache Deschamps et de Henri de Croy. Rondeaux de toute facture, virelais, fatrasies, baguenaudes, ballades aux rimes les plus insensées, servantois, chants royaux aux épithètes les plus ronflantes, voilà ce que le jeune disciple dut pratiquer pour complaire à son protecteur Molinet « tant la fleur comme la farine, telle quil a seu tourner entre ses meulles. »

(1) V. notre t. IV, p. 394. Molinet né à Desvres (Boulonnais) avait été marié à Valenciennes. (Archiv. du Nord I, 212).

Un ami de Molinet, Guillaume Cretin (le Raminagrobis de Rabelais ?) atteste cette éducation minutieuse dans ces vers :

> Dont Molinet qui tavoue à parent
> Acquiert honneur, bruyt et loz apparent
> Veu que soubz luy tu as si bien appris
> Que ton labeur vault estre mys à prix. (1)

Cet « art de rhetoricque vulgaire ou rigmicque » fut pour le jeune *vuallon*, comme il aimait à dire, une seconde fatalité, une autre hantise. Il faut lui en tenir compte à la lecture de ses œuvres de jeunesse ou de sénilité. Ne pas oublier, non plus, quand il balbutie sa critique des origines troyennes, que Rabelais , Bonaventure, Desperriers et Sorel lui reprochent avec tant de malice, (2) que l'impressionnable écolier de Valenciennes a dévoré le roman pseudo-historique de Jacques de Guyse, soit dans le manuscrit latin conservé aux Frères Mineurs, soit dans la traduction bourguignonne de Simon Norkart (3). Il a été comme ensorcelé par ce titre : *Illustrations de la Gaule Belgique, antiquitez dn pays de Haynau et de la grand cité de Belges, à present dicte Bavay dont procèdent les chaussées de Brunehault.*

Était-il encore à Valenciennes, au retour de Marguerite d'Autriche (13 juin 1493) lorsque les corps de « stiles et mes-

(1) V. notre t. IV, p. 188.

(2) Ch. Leber, Collection des meilleures dissertations, etc. tom. 1er, p. 36 (1838) cite de Desperriers ou de l'auteur du *Discours non plus mélancolique que divers*, ces mots : « Jean de Viterbe, et un autre *plus que frère Jean*, surnommé le Maire, etc. » C'est parce que Lemaire se targuait d'avoir, en quelque sorte, découvert Annius de Viterbe, le trop fameux auteur des *Antiquitates*.

(3) Biogr. Nationale VIII, 847.

tiers » reçurent, avec tant de processions, de jeux historiés et
de « mistères » la blonde dauphine que la politique française
venait de faire répudier ? Qu'il y fût ou non, Lemaire avait, dès
sa prime enfance, appris à vénérer « la tres superillustre princesse, fille unique de Cesarauguste Maximilian. » C'est ce qu'il
convient de retenir quand on rencontre en ses écrits tant de
locutions apothéotiques. Qui sait, d'ailleurs, si les élans césa-
riens de l'Enéide, son premier livre de chevet, n'ont pas achevé
de le griser d'hyperboles ? (1)

(1) En sa Chronique Annale (IV, 481) il aime à peindre cette
adoration qu'il trouve surtout à Valenciennes « Je ne scay quel
maniere de faire plus *apparoissant*, plus appropriee et mieux
demonstrative..... » Plus loin (484) il compare Marguerite « à la
belle aube du iour quand elle ranime les splendides rayons du
soleil après la nuyt froide et umbreuse. »

III.

Dans sa Chronique, Lemaire rappelle que Henri de Berghes, évêque de Cambrai et chancelier de la Toison d'or, lui donna la simple tonsure. C'était vers 1493. L'évêque avait alors Erasme pour secrétaire. Molinet qui, sans doute, avait étudié à Paris, y envoya son disciple, très heureux, plus tard, de célébrer cette *alma mater*, nourricière des grandes écoles dEurope : « De laquelle jay principallement sucé tout le tant, combien que peu, du lait de littérature qui vivifie mon esprit. » (Illustrat. III).

C'est probablement au bout de deux ans de philosophie qu'il obtint le bonnet de maître-ès-arts. Parmi les *artiens*, il appartenait à la Nation de Picardie (2ᵉ province : Cambrai, Liège, Utrecht, Tournai). (1).

Le livret des *Juvenilia* (B. N. nᵒ 4061 des Nouv. Acq. franç.) nous le montre à Villefranche en 1498. Peut-être était-il dès 1496 dans la capitale du Beaujolais, à la suite d'une recommandation de Molinet à Cretin, à Jean Perréal, peintre valet de chambre de Charles VIII on plutôt à Jean Robertet, secrétaire du Roi et du duc de Bourbon et grand admirateur de Chastelain. Lemaire, nommé clerc des finances au service de Pierre II, époux d'Anne de Beaujeu, était par là-même au service du roi de France. On sait l'importance politique de Madame la Grande, comme l'appelait le peuple. (2) Le duc

(1) A. Dinaux, Archives du Nord, 3ᵉ série III.
(2) P. Pélicier, Essai sur le gouvernement de la dame de Beaujeu (Chartres, 1882).

Pierre, frère du prince-évêque de Liège, Louis de Bourbon, était, malgré la polique, un grand zélateur des lettres nouvelles, comme les Robertet qui l'entouraient. (1) Il aimait aussi les artistes qui, à travers la Renaissance subissaient l'influence flamande. Elle leur venait peut-être de la Franche-Comté, par la Saône qui séparait le Beaujolais royal du Beaujolais « en la part de l'Empire. » (2)

Ce beau pays séduisit tout d'abord le jeune poète. Encore en 1509, il écrivait à Marguerite d'Autriche :

« Là, ès marches circonvoisines du Bourgoigne, cest assavoir Lyonnois et Bourbonnois, où ma petitesse s'est premièrement eslevée, jay tousjours trouvé amistié, crédit, faveur, recueil et humanité, autant ou plus que nul autre jeune estrangier..... » On dirait qu'il a inspiré à Marot, l'un de ses disciples, ce quatrain enthousiaste :

C'est un grand cas voir le mont Pelion
Ou davoir veu les ruynes de Troye,
Mais qui ne voit la ville de Lyon,
Aucun plaisir à ses yeux il n'octroye. (3)

(1) De la Mure, Hist. des ducs de Bourbons et des comtes de Forez, t. III, *passim* (éd. Chantelauze). Les sires de Beaujeu criaient : Flandre ! (III, 39).— Chastellain (éd. Kervyn, t. VIII, 347.

(2) Eugène Müntz (Revue des deux Mondes, 1er avril 1886) : « L'école florentine et l'école flamande se partagent au XVe siècle l'empire des arts..... La supériorité des Flandres est écrasante. »

(3) Abraham Gölnitz (Ulysses gallico-belgicus) dit : « Cette ville est le boulevard de la France. S'il y a au monde un endroit où se trouvent rassemblés tous les vénérables débris de l'antiquité, statues de dieux et de princes, inscriptions, tombeaux, théâtres, bains, thermes, aqueducs, etc., cet endroit c'est Lyon, la Florence ultra-montaine, un Francfort, une ville d'affaires et un grand marché de livres.

IV.

A quelques lieues de Villefranche, était Lyon, vraie rivale alors de Paris. (1) C'était un centre plus à portée de l'Italie, nécessaire foyer de la Renaissance. « Si le centre du monde civilisé, dit Elisée Reclus, était resté en Italie, Lyon aurait probablement gardé son rang de ville principale des Gaules. » (2) Les Allemands y avaient fait prospérer l'art de l'imprimerie, les Italiens celui des tissus de soie. Cette ville, un peu cosmopolite, accueillante, hospitalière, prodiguait les fêtes dispendieuses, comme bientôt Anvers allait le faire. Louis XII en vint même à redouter cette prodigalité.

Lyon était pour Lemaire « le second œil de France. » Il y était souvent appelé à la suite de son maître qui y visitait son frère, Charles, le Cardinal de Bourbon ou accompagnait le roi de France quand il préparait une campagne d'Italie. Grâce à Perréal, surnommé Jehan de Paris (3), l'homme de confiance du roi aussi bien que du consulat, le directeur de toutes les fêtes, l'organisateur de la corporation lyonnaise « des peintres,

(1) Il faut voir, dans la lettre de H. Fournier à S. Champier l'enthousiasme des Lyonnais pour Lemaire (V. note IV, 429). — Le *Cymbalum mundi* dit : Lyon = Athènes.

(2) Elisée Reclus, Nouvelle géographie Universelle, II, 348. Cf. Ste Beuve, Portraits contemporains V, 3.

(3) Jehan Perréal, Clément Trie et Edouard Grand, par E. Charvet (Lyon, 1874).

tailleurs d'imaiges et verriers », il fut facile au jeune belge
d'avoir les relations les plus brillantes. On le vit d'abord comme
enchanté par les femmes artistes et poètes, si nombreuses dans
la patrie de Louise Labé :

> Et ie qui fus, en temps de guerre et noise,
> Né de Haynnau, païs enclin aux armes,
> Vins de bien loing querre amour lyonnoise. (1).

Cette double inspiration de la Rome dAuguste et de la Florence de Pétrarque qui fit aboutir la Renaissance, (2) on la sen-
tait ici plus vivement qu'ailleurs. Une académie de gallicans,
d'humanistes, de protecteurs des arts et de poètes enthousiastes
de l'Italie, s'était établie à Fourvière qu'on dérivait alors de
Forum Veneris, aussi bien que du *Forum Vetus* de Trajan. (3)
Le goût des antiquités s'était réveillé au milieu de ces nobles
ruines du palais de Claude. Plus dune merveille d'archéologie
qu'on admire aujourd'hui au Musée des Antiques de Lyon vient
de ces chercheurs enthousiastes. Le rêveur de Belgis fut
accueilli à bras ouverts par Humbert de Villeneuve, les frères
Hugues et Humbert Fournier, Symphorien Champier le vani-
teux parent de Bayard, (4) Claude Paterin, vice-chancelier de

(1) La Concorde des deux langages (III, 102).—Vers déjà signalés
par Jordan, Hist. d'un voyage littéraire en France (La Haye, 1736).

(2) Jacob Burckhardt, La civilisation en Italie au temps de la
Renaissance (trad. Schmidt, 1885), I, 212 : « Un des points principaux de mon livre, c'est que ce n'est pas l'antiquité *seule*, mais
son alliance intime avec le génie *italien* qui a régénéré le monde
d'Occident. »

(3) De Colonia, Hist. litt. de Lyon, II, 466. Pernetti, id. I, 221.

(4) P. Allut, Etude biographique et bibliographique sur S. Champier (Lyon, 1859). — Cet ami dErasme, de Badius, de Perréal et de
tous ceux qui s'intéressaient à la Renaissance, fut un des pre-

Milan, Benoît Court (Curtius) le grave commentateur des *Arresta amorum*, et tant d'autres originaux qui mêlaient les choses

miers à déchiffrer la table de Claude et les marbres romains. Il était comme en proie à un rêve encyclopédique où le moyen age se mêlait aux idées nouvelles. Les livres qu'il dédie à Anne de Beaujeu et à sa fille Suzanne sont des documents de cette effervescence. Elle était encore surexcitée depuis son mariage avec une cousine de Bayard.

A la suite de l'épitre bigarrée (IV, 428) de Lemaire à Champier, se trouve ce qu'il appelle son *epigrammaticulum :*

> Champier gentil, riche champ, pur, entier,
> Ton nom, ton loz iamais ne sont terniz.
> Ta gloire croist en sublime sentier
> En bruit haultain et en biens infinitz.
> Tu floriras en tous lieux par droiture
> Et seras dit territoire fertil,
> Champ plein dhonneur et plein de floriture
> Bien cultivé, noble Champier gentil.

> ⸺

> Ne crains envie et sa rude poincture,
> Car leurs meffaitz seront pugniz,
> Mais suy tousiours ta bienfaisant nature,
> Dont les exploitz sont louez et beniz.

> ⸺

> Gentil Champier honorable et util
> Qui nous produiz doctrinalle pasture
> Tant sont souefz les biens de ton courtil
> Qua lexprimer foible est mon escripture.
> Tant sont tes faitz bien faitz et bien fournitz
> Que ne souffit mon encre et mon papier,
> Ains servent peu mes vers trop mal uniz
> Pour extoller ung si gentil Champier.
> *Fac et spera.*

Symphorien Champier fut si ravi de ce compliment qu'il le plaça à la fin de son *De claris medicine scriptoribus* comme de son *Ordre de chevalerie* et de son *Recueil des histoires des royaulmes dAustrasie.* Il faut voir dans son traité sur l'*Antiquité de Lyon* comme il se préoccupe vaniteusement des origines impériales de Fourvière. Pour lui, c'est l'emporium, le berceau des foires si célèbres, *forum Mercurii* plutot que *Veneris*, comme répétaient les plus hétéroclites, comme il arrive aux époques de fougueuse effervescence. Un autre belgé faisait alors beaucoup parler de lui, le savant Badius (Van Assche) qui, dit Colonia (II, 588) tout en dirigeant les belles éditions classiques de Jean Trechsel, son beau-père, « mit dans le goût des humanitéz la jeune noblesse de cette ville. Il lui expliquait publiquement les anciens autheurs sur lesquels il composa de sçavans commentaires in-folio qui sont aujourd'hui fort recherchés. Ceux qu'il imprima sur Cicéron, sur Virgile, Horace, Salluste, Valère-Maxime, Juvénal, Aulu-Gelle et Lucain, sont un des ornemens de nos bibliothèques. Il éclaircit même par des notes les ouvrages de. quelques modernes : tels que Laurent Valla, Politien et Jean-Baptiste Mantouan. » Ce dernier, dont le vrai nom était Battista Spagnuoli, était alors admiré comme un nouveau Virgile, et l'on voit par le Livret de 1498 combien Lemaire partageait cette admiration pour les nouvelles Bucoliques. On voit aussi par ses écrits qu'il profita de toutes les publications de son compatriote brabançon, l'ennemi du gothique encore ailleurs que dans les réformes de la typographie. (1).

ses doctes amis. N'oublions pas qu'il fut membre du consulat lyonnais. Il rattachait aussi sa noblesse à l'Italie et se faisait appeler *Messer Campese*. Vrai type de cette surexcitation ambiante où les contradictions pullulent, Champier qui, dans sa *Symphonia Platonis* préconise l'hippocratisme rationaliste en médecine et combat les superstitions, se montre très crédule en son *Prognosticon* et aussi en ses *Dicts propheticques des Sibylles* qu'il emprunte à Jean Robertet et dédie à Anne de Beaujeu.

(1) On ne saurait croire à quel point s'exaltait l'orgueil des imprimeurs qui renonçaient au gothique pour le romain. V. p. ex. les préfaces du gantois Josse Lambrecht. C'est à Venise qu'un français, Nicolas Janson, imagina les lettres romaines.

V.

Par tout ce qu'on vient de rappeler, il est facile de pressentir que le jeune clere de finances n'eut garde de se laisser
absorber par les soucis de la comptabilité. A Villefranche comme
à Lyon, il s'enivrait de plus en plus des promesses de la Renaissance. Dès 1500, il y est formellement enrôlé, car il songe
à construire un poème en prose, un peu comme Tite-Live émule
de l'auteur de lEnéide, pour démontrer « avec la dignité de
lhistoire « que tout vient de Troie par Rome. Il est temps de
refondre les légendes du moyen âge. « Au moyen desdits
escripts imparfaits et mal corrigez, s'est ensuivy, que toutes
peintures et tapisseries (2) modernes de quelque riche et cous-
tengeuse estoffe quelles puissent estre, si elles sont faictes
apres le patron desdites corrompues histoires, perdent beaucoup de leur estime et reputation entre gens sçavans et enten-
duz. Laquelle chose doit trop desplaire a tous cœurs rempliz de
generosité : attendu que la glorieuse resplendissance presques
de tous les Princes qui dominent auiourd'huy sur les nations
occidentalles, consiste en la rememoration véritable des haults

---

(2) « — *Géronte.* — Comment, bien vendu ! une tenture comme
celle-là ?
— *Le marquis* — Fi ! le sujet était lugubre ; elle représentait la
brûlure de Troie; il y avait là-dedans un grand vilain cheval de
bois, qui n'avait ni bouche ni éperons ; nous en avons fait un ami.
(Regnard, Le retour imprévu, sc. XX).

gestes Troyens. « Ne croirait-on pas entendre le flamand Maerlant préludant, lui aussi, à sa critique naïve ?

Le coup de clairon est donné ; Mercure, le dieu des ingénieux trouveurs, déclare à Marguerite dAutriche (1) : « en ce temps heureux, que toutes sciences sont plus esclarcies que iamais, ie stimulay et enhardis l'entendement de Iean le Maire de Belges, environ l'an XXVII. de son aage qui fut l'an de grace Mil cinq cens, à ce quil osast entreprendre ce labeur : et luy ay administré toutes choses à ce servans et conuenables par lespace de neuf ans.... »

« Ce n'est pas son coup d'essay, dit l'abbé Sallier (Mém. de l'Acad. des Inscriptions. B. L. t. 13, p. 595), mais le premier *objet* qu'il poursuit. » En vérité, on pourrait ajouter que c'est au fond l'objectif de toute sa vie. Est-ce qu'il n'entendait pas sans cesse son ami Champier parler « d'Austrasie ou France orientale ? » (2)

Si Lemaire se croit historien et critique, il se sent bien plus encore littérateur et styliste. Son *opus majus* ne prépare pas seulement la *Franciade* de Ronsard mais, comme le reconnaît Dubellay, toutes les tentatives de la Pléiade (3). Il prétend

---

(1) Prologue du 1er livre des Illustrations de Gaule et Singularitez de Troye, p. 4. — Gargantua sua : *tems idoine ès lettres.*
(2) Cf. Allut Etude sur Champier, p. 158-160.
(3) Bien diray-je que Ian Lemaire de Belges me semble avoir *premier* illustré et les Gaules et la langue françoise lui donnant beaucoup de motz et manières de parler poëtiques, qui ont bien servy mesmes aux plus excellents de nostre tens (c'est-à-dire de Marot à Ronsard). Deffense et illustration de la langue francoise éd. Em. Person. Paris 1887, p. 103. — A propos de Bardus V, roi des Gaules, Dubellay ajoute : « Lemaire diligent rechercheur de l'antiquité. » Ch. Fontaine, en son *Quintil Horatian,* répond à ce passage de Dubellay : « Je ne vœil point debatre avec les mors, mais

donc « esclarcir en ce langage françois que les Italiens par
leur mesprisance accoustumée appellent Barbare (mais non est)
la tresvenerable antiquité du sang de nosdits Prince de Gaule
tant Belgique comme Celtique. » En sorte que *Les Illustrations*
ont en outre pour objet une œuvre pacifique et par là-même
très humaniste : l'union des peuples issus de Troie. Le *Belgien*,
venu d'un pays où Germains et Gaulois ont été associés depuis
des siècles et des siècles, triomphe déjà dans ses rêves idylli-
ques, en dépit de la sournoise diplomatie qui l'enveloppe. Il n'est
pas seul d'ailleurs, à cette aube de la Renaissance, à mêler la
poésie à la politique. Louis XII et Maximilien, au milieu des
calculs les plus mesquins et des roueries les plus stupéfiantes,
parlent d'une façon convaincue des origines troyennes et des
fraternités chrétiennes. Pas un contrat à cette époque, dit
Leglay, (*Négociations diplomatiques*, Préface) où l'on ne semble
vouloir la paix uniquement pour faire la guerre européenne aux
barbares de la Turquie. (1)

Dès ses premiers efforts de plume Lemaire est en harmonie
avec les idées dirigeantes du temps. Prêche-t-il la paix au
milieu de la guerre et l'union en croisade des rivaux les plus
acharnés, ce n'est rien de plus que ce que Marguerite d'Autriche
écrit à son père : « Quant à faire la guerre contre les Turcs et
Infidèles, dont èsdits articles est faict mencion, semble aussy,
Monseigneur, que dès maintenant il se peult bien conclure,
pour l'executer quant les princes chrestiens auront paix. » Il

ie demanderay hardiement cela : quel est celuy qui voudroit ainsi
parler que Jean Lemaire t'a escrit?» Fontaine fait ici, sans doute
allusion à cette variation continuelle du français, signalée par
Montaigne, Essais, III, 9.

(1) Le *Krach* des Croisades est signalé dans Chastelain (VII. 202,
éd. Kervyn).   II

ne faut pas que cette balbutie d'une langue en transformation nous trompe : si les tournures paraissent enfantines, si l'enveloppe mythologique nous fait rire, le tout recouvre un fond très sérieux et très actuel.

Malheureusement l'homme ne valait pas l'artiste. La fermeté du caractère, le souci de l'ordre, la prudence la plus élémentaire même faisait défaut. Enfin, après bien des hésitations, le goût de l'étude l'emporta, et pour y être plus libre il quitta le service de Villefranche et se fit précepteur des deux enfants du seigneur de Saint-Julien au château de Balleure, non loin de Mâcon (Vers 1501 ?). Claude, l'un de ces élèves, parla plus tard avec attendrissement des beaux livres que « son bon précepteur, maistre Jean » (1) lui avait fait rassembler. Plus tard encore le fils de ce Claude, Pierre de St-Julien, Doyen de Chalon-sur-Saône et auteur de l'*antiquité et origine des Bourgongnons*, dit que Lemaire « homme de grande lecture et de très diligent labeur, avait laissé au château paternel plus d'un vieux roman. » (2) On entrevoit la vie un peu incohérente d'un poète qui eût pu dire comme Marot :

> Sur le printemps de ma jeunesse folle
> Je ressemblois l'arondelle qui volle,
> Puis çà, puis là.....

(1) V. t. IV, p. 11.
(2) Paquot, Mém. hist. et litt. III, 4.

VI.

Le 10 octobre 1503 s'éteignait de langueur Pierre II de Bourbon à Cluny, près de Mâcon. (1) On fit des funérailles de roi à ce grand seigneur qui avait été régent du royaume. Il n'y eut pas moins d'émoi, de vénération parmi les poètes et les artistes qu'il avait généreusement encouragés. Lemaire, son ancien serviteur, fut un des premiers à payer sa dette de reconnaissance. Il composa rapidement, dans le style à la mode, *Le temple d'Honneur et de Vertus*. « C'était l'œuvre, dit Lemure (II, 460) d'un des poètes les plus renommés et les plus recherchés dans l'ancien Bourbonnais. » Sur le conseil de Perréal, il l'adresse au cousin du défunt, à Louis de Luxembourg, comte de Ligny qui, lui-même était malade à Lyon. Peut-être ne fit-il qu'approprier et compléter une allégorie autrefois méditée à Villefranche et que G. Cretin, passant par là, encouragea vivement. Dans la dédicace qu'il fit « peu de jours avant le trespas de Monseigneur le comte de Ligny » il lui écrit : « Plaise vous donc, mon tres redoubté seigneur, avant que entamer la principale matière, prester benigne oreille aux louenges non adulatoires du prince trespassé, lesquelles louenges bien méritées ie *iadis frequan-*

(1) Les nouveaux éditeurs de Pierre Gringoire (Biblioth. Elzevir. 1872, 1er vol.) se demandent si dans le Jeu du *Prince des Sots*, le poète n'a pas songé à la folie de Pierre II en disant :
Quant la Lune est dessus Bourbon.

tant sa maison et ses pays ouyz mettre en avant aux pastou-
reaux champestres en leurs termes ruraulx et couvers. »

Ligny fut si flatté de la dédicace qu'il retint « l'acteur entre
ses plus privez et secretz domestiques. » On sait de quelle splendeur cette maison était entourée (1). C'était ce beau gentilhomme
qui, quelques mois auparavant, avait si brillament reçu Philippe
le Beau à Lyon. Mais Lemaire vit mourir son jeune protecteur
« seiché par une langueur longue et lente » dès le 31 décembre
de la même année 1503. « Il lui avoit de son propre mouvement assigné son lieu avec estat competent et promesse de la
première prébende vacante en sa ville de Ligny (en Barrois),
disant que le repos luy estoit necessaire pour mieux labourer,
et le bruit continuel de court contraire. »

Lemaire dut donc de nouveau suspendre sa grande œuvre.
En attendant, il fit imprimer « ce petit traictié consolatoire »
à Paris, chez Michel Lenoir, et l'offrit à Anne de Beaujeu à
qui Ligny avait compté le présenter. Ce fut l'objet d'une dédicace plus pompeuse et qui semblait plus digne de la sévère et
savante princesse.(2) A l'instar de Théocrite et surtout de Virgile
et de Mantouan, « en termes ruraulx et couvers » il fait chanter
Tityrus au nom du Beaujolais, Galatée, Amyntas, Mopsus, Eglé,
Argus et Mélibée, pour représenter l'Auvergne, Clermont, le
Foretz, la Marche, Gyen et Bourbon. En des vers déjà gracieux
et qui ont mérité de servir de spécimen dans nos Chresto-
mathies du XVIᵉ siècle, il célèbre Pan (Pierre II) Aurora (Anne)

(1) V. La plainte du Désiré, en notre t. III.
(2) V. Les enseignements d'Anne de France à sa fille Suzanne de
Bourbon, par Chazaud, archiviste, (reproduction des miniatures
originales d'après Quévroy (— Moulins, 1878).

et leur fille Flourette (Suzanne de Bourbon). Il déplore en passant le meurtre de Louis de Bourbon, prince-évêque de Liège.
La prose qui encadre les vers est encore bien lourde. Elle sert
à vanter Dante, Pétrarque, Boccace, Froissart, Alain Chartier,
Chastelain, Robertet et Octavien de St-Gelais. Parmi les entités
allégoriques, on remarque Raison, qui se ressent déjà du souffle
de la Renaissance, puis Entendement surnommé angelique,
à cause de Fourvière, sans doute. (1) « Il se retira sur une saincte
montaigne, située au plus pres de la tres fameuse cité de Lyon
sur le Rosne : en la summité de laquelle les Rommains iadis
domminateurs de Gaule instituèrent ung grant temple mani-
ficque a lhonneur du bon prince Octavien Auguste : duquel
on voit encores les ruynes et vieilles structures. »

Est-ce cette préoccupatiou de Rome qui avait provoqué les
éloges de G.Cretin « monarque de la rethoricque françoyse » ? (2)
Il signa ce *Temple dHonneur* par une devise (*De peu assez*) à
la leçon rhétoricale des flamands et des wallons. Antérieurement
il avait songé à signer : *Penser, Penser, Penser, Dire.*

M. Charles Fétis (3) signale un grand progrès dans la *Plaincte
du Désiré* composée l'année suivante en souvenir du comte de
Ligny, le fils du malheureux connétable de St-Pol. Le poète
décrit sa ville préférée « là où une douce et paisible rivière
septentrionalle se plonge et perd en un grant et impetueux

(1) De Colonia II, 467.
(2) Adolphe Mathieu (Bulletins de l'Académie t. 37 (25) 2ᵉ série,
p. 510) trouve que cette prose tourmentée n'est qu'une servile imi-
tation de Christine de Pisan.
(3) Mémoires couronnés de l'Acad. de Belgique, collection in 8°
tome 21 (1870). Le manuscrit et l'édition de Tournes donnent « lan
mil cinq cens et trois »; mais puisque Ligny n'est mort que le
31 décembre, la *déploration* doit être de 1504 avant Pàques.

fleuve oriental. » Dame Peinture invite Marmion de Valenciennes, Jehan Fouquet, Roger Van der Weyden, Hugo Van der Goes et Jean van Eyck :

> Peintres prudens, le defunct vous aymoit :
> Mettez Nature aupres de luy dolente.

Dame Réthoricque, à son tour appelle à la rescousse Molinet, Cretin, Robertet, St-Gelais et les musiciens Agricola, Hilaire, Evrart, Conrad, Pregent, pour célébrer le gentil chevalier, protecteur de Bayard. Dans la *Peroration à Madame*, le poète fait hommage de son œuvre à l'auguste fille de Maximilien : « Par lhonneur de sa louable mémoire, il vous plaist, en me recueillant, restaurer la dure perte que jay faict à son trespas, ie vostre plus que treshumble et tresobeissant serviteur. » C'est une offrande « par manière de primices » : il n'a encore pu faire que cela.

Le poète commence à se révéler :

> Fortune folle est avcugle et bendée
> Plustost glissant que nest la clère ondée,
> Preste à monter, plus prompte à dèvaler,
> Soudain laissant, et tard appréhendée
> Dont pour monstrer ta vertu bien guidée,
> Fais quelle soit en autre exploict gardée :
> Car qui bien sault on le void reculler.

Cette fin par proverbe nous ramène au naturel Gaulois et nous éloigne de Molinet. Non moins naturel est ce distique :

> Car hault louer, conduit par art experte,
> N'accroist les faicts de triumphe avestuz.

Le chantre de la concorde s'annonce déjà, quand il dit de la guerre :

> Dont en la fin les grans roys et les princes
> En ont la honte et les peuples le coust.

Quidquid delirant reges, plectuntur Achivi.

VII.

Marguerite d'Autriche qui avait le 26 septembre 1501 épousé Philibert de Savoie, emmena Lemaire à Turin. Le 12 juin 1504, le trésorier Loys Vionnet lui remit de la part de la duchesse, dix escus d'or à la couronne. (1) Peut-être fut-il d'abord placé soit à Bourg, soit à Annecy (lettre de 1509). Après la mort de Philibert de Savoie (9 septembre 1504, au chateau de Pont-d'Ain) Marguerite, restée veuve sans enfants, éprouva de la part de son beau-frère Charles de Savoie plus d'une difficulté au sujet du douaire. Elle se retira auprès de son père en Allemagne.

C'est à ce voyage que se rapportent les deux *Epistres de l'Amant verd*. Le genre est condamné par Dubellay, qui le rapporte presque aux *espiceries* du moyen-âge, (II, chap. 4) mais *Quintil Horatian*, y voit le prototype des jolies pièces de son poète Marot. « Ces deux epistres, dit-il sont tant riches en diversité de plusieurs choses et propos que c'est merveille. » L'abbé Goujet, en sa *Bibliothèque française*, croit que l'amant, c'est Lemaire lui-même. Il a oublié ces vers de la première épitre :

> Que diray-ie d'autres grans privautez
> Parquoy jay veu tes parfaites beautez :

(1) V. Thibaut, Marg. à J. Lemaire, p. 140. V. aussi la correspondance.

Et ton gent corps, plus poli que fin ambre,
Trop plus que nul autre varlet de chambre ?
Nud, demy nud, sans atour et sans guimple,
Demy vestu, en belle cotte simple,
Tresser ton chef, tant cler et tant doré,
Par tout le monde aymé et honnoré.

Même s'il ne s'agit que d'un perroquet, l'audace est grande.

L'abbé Sallier croit pourtant qu'il s'agit de Lemaire, « vestu tout de verd » tandis que Marguerite n'arbore que le noir. A tout prendre ce n'est qu'une plaisanterie pour décrire le deuil des serviteurs laissés en son château de Pontd'ain près de Bourg. Avec le perroquet qui vainement a appris le latin, l'espagnol et le flamand, se désolent la levrette, la marmotte et le singe. Le poète, un peu mièvre, badine à la façon d'Ovide et de Stace. La seconde épitre est une missive datée de l'Elysée (1) des oiseaux, qui rappelle la *Messe des oisiaux* de Jean de Condé. L'amant verd, ou plutôt son ombre salue Marguerite revenue de « Rin, Meuse et Seine. »

Ta grant clemence un peu veuille excuser
Force d'amours qui me feit abuser.

Il rapporte en vers scintillants un entretien avec Minos, Mercure et l'Esprit Vermeil, l'âme du perroquet que Sigismond, l'oncle de Maximilien, donna jadis à Marie du Bourgogne. (2) Quelle surabondance d'érudition ! Pas un animal légendaire qui

(1) Vague réminiscence du *Culex* attribué à Virgile.
(2) Godefroy, (Hist. de la litt. fr. Poètes I, 3) croit que c'est là l'Amant Verd. Beaucoup d'historiens de la littérature font cette confusion.

soit omis. L'épilogue semble ajouté longtemps après 1505 ; car on y célèbre Marguerite « princesse de paix et trésor d'union » comme si elle avait déjà fait la paix de Cambrai. En outre, on dirait que Lemaire finit par parler en son propre nom pour vanter le bon cœur de la reine Anne de Bretagne.

> La dame illustre et portans sceptre en France
> Laquelle eut deuil de ma grieve souffrance.

Peut-être aussi ne s'agit-il que d'une plaisanterie à propos de la reine qui (d'après une lettre de Perréal à Claude Thomassin, conservateur des foires lyonnaises) aurait plus d'une fois répété quelques vers de la première épitre. (1) La seconde et dernière finit sur ce distique :

> Icy prend fin le mien ioyeux escrire
> Dont on verra plusieurs gens assez rire.

Ces vers composés (du moins, presque tous) avant le voyage de Lemaire en Italie, semblent par leur désinvolture instinctive donner tort au jugement de Darmestetter, (*Le seizième siècle en France*) qui, ouvrant la série des poètes par notre auteur, dit : « Versificateur correct et parfois élégant, il ne s'est guère montré poète que dans la prose ; il a créé le genre de la prose poétique. » Pour que Marot ait pu comparer « Lemaire le Belgeois, à Homère le Gregeois » ne faut-il pas admettre une veine poétique en ses vers comme en sa prose ?

(1) Charles VII et Louis XI avaient doté Lyon de quatre foires, au détriment de la Brie et de la Champagne.

VIII.

La *Couronne Margaritique*, prose et vers en l'honneur de
Philibert duc de Savoie et de sa femme, ne fut imprimée qu'en
1549 par le lyonnais Jean de Tournes qui l'annonce « au lecteur » comme un « nouvel opuscule. » Toutefois la dédicace de
Claude de St Julien, chevalier, seigneur de Balleure, à la reine
Eléonore d'Autriche, femme de François 1er, est datée de 1544.
Il y raconte comment il découvrit un jour ce manuscrit « en
ouvrant les enrouillées serrures » de sa chambre d'études.
C'était une de ces copies que l'auteur avait distribuées à ses
patrons et à ses amis. Si l'on s'en rapporte à l'indication d'un
passage (IV, 149) où l'on dit que Marguerite « auiourdhuy
n'excède point vingt cinq ans » force est bien de placer la composition en 1504. Faut-il y rattacher l'assertion de la lettre de
1509 ? L'indiciaire de la duchesse y parle « d'un 2e livre de la
Couronne Margaritique, lequel est tout minuté, ne reste qu'à le
mettre au net ». Un peu plus bas, il est question d'un opuscule :
« le commencement du *Palais d'honneur*, lequel est de vostre
invention, Madame, et primitive ordonnance, et que premier

(1) Aux archives du royaumes à Bruxelles, au compte des
dépenses de Marguerite pour 1524 (n° 1800 de la collection de la
Chambre des Comptes, fol. 137) une gratification de 30 livres est
accordée à Claude Vaitel, secrétaire, pour les soins donnés à la
Chronique Margaritique. (Note d'Al. Pinchart). S'agit-il de Fos-
setier d'Ath ? V. Biogr. Nat. VIII, 203.

me commandastes à Thurin, lequel je feray venir cy après au propos de la Couronne Margaritique. » (1)

G. Paradin (Chronique de Savoye, p. 377) raconte : « auquel temps et an, au mois de septembre (1504) le beau duc Philibert, estant allé chasser en un lieu nommé Lagnieu, avoit fait apprester son disner auprès d'une fontaine, au lieu de St Bulbas qui est du mandement et jurisdiction de Loyettes, et ayant chaud, print trop grande fraicheur auprès dicelle fontaine, qui luy engendra un pleuresis dont, se sentant mal, ledit seigneur se retira incontinent en son chasteau de Pontdeins, lieu fort delectable, auquel lieu fut si pressé, que bientost après vint à rendre l'esprit à Dieu, en l'an de son aage 25ᵉ environ, le 9ᵉ jour de septembre, en la mesme chambre où il nasquit. »

Selon l'usage littéraire depuis longtemps établi, cette tragédie est transformée en catastrophe mythologique et astrologique amenée par les complots d'Atropos et de son hideux époux *Infortune*. Il faut regretter ce travestissement obligé, compromettant de véritables beautés de style :

« Alors le noble Duc, fremissant du coup dont il ne voyoit

(1) M. Thibaut, dans sa thèse, cite une quittance de Lemaire remise au trésorier Loys Vionet à Turin le 12 juin 1504. Dans une lettre adressée à Marguerite et datée de Bourg-en-Bresse le 20 novembre 1510, Lemaire semble faire allusion à cette œuvre « le palais dhonneur féminin duquel verballement par vostre faconde et ingeniosité celeste despieca maviez baillé le deuis, platte forme, pourtraictz et inuention, pour lequel executer et mettre un euvre, tout tel ouvrier et architecte que ie suis ..... » Dans la lettre de 1509 (éditée par Charavay et datée, sans doute, de Bourg) il parle encore d'un autre projet : *L'a, b, c mondain*, pendant de *L'a, b, c sauvage* de son maître Molinet, et qui rappelle *La senefiance morale de l'a, b, c*, poème de Huon le Roi (XIIIᵉ siècle).

point l'acteur, ietta un grand souspir, remonta à peine sur un cheval qui luy fut amené ; mit la main à la poictrine, puis commença à baisser le chef, et à se douloir grandement. Et tout ainsi qu'un grand cerf ramé, après longues courses et grans perilz eschappez, estant à la grosse haleine, pour ce quil n'oyoit plus nulz chiens glattir, ne nulz cors bondir (1) parmy la forest retentissant, se couche sur lherbe verde en lombre du boscaige feuillu pour respirer à loisir sans soupeçon quelconque de peril eminent. »

Hébé accourt pour consoler cette Artémise qui ne peut que trop s'appliquer sa devise : *Fortune infortune font une*.

> Or voyons nous, dont iay le cœur marry,
> Sa couleur morte, et son sang tout tary
> Comme la rose, après sa flouriture,
> Qui perd sa nourriture,
> Ou le lis verd cueilli,
> A qui lhumeur (2) de sa tige est failly.

Ces sixains ont déjà le repos au troisième vers, comme Malherbe l'exigera plus tard. On remarque aussi que la rime de ce troisième vers commande celle de quatre vers de la stance suivante. D'autant plus s'étonne-t-on de n'y pas trouver l'entrecroisement connu déjà par Thibaut de Champagne et Alain Chartier.

Grand admirateur du second Roman de la Rose (un des précurseurs de la Renaissance), Lemaire introduit dame Vertu qui commanda la couronne Margaritique à « *Mérite*, bon orfevre

(1) Retentir.
(2) Latinisme (*humor*).

du roy Honneur son frere. » Une digression à l'adresse du
« tres invaincu Cesar Auguste » et de son fils Philippe le Beau
« en qui gist l'espoir du monde » permet à l'écrivain belge de
se rappeler ses *Illustrations*, sa grande œuvre de fraternité,
toujours sur le métier. Il aime alors à prodiguer les éloges aux
artistes wallons et flamands, Roger van der Weyden, Hugo van
der Goes, Marmion, Memling, Gilles Steclin, Corneille de Bont,
Jean de Nimègue, Liévin d'Anvers, qui vont travailler à la
mémoire du couple infortuné. (1) Puis, en sa prose poétique,
il arrondit et cadence les périodes des orateurs qui viennent
tour à tour symboliser sur le sens mystique des lettres du nom
de Marguerite, rapportées à des pierres précieuses selon les
Lapidaires du moyen-âge. Tour à tour Boccace qui a fondé le
période italienne, Chastelain qui l'inaugure en français, Robert
Gaguin de Douay, Martin Franc d'Arras, Jean Robertet, Isidore
de Séville, Albert le Grand, Arnauld de Villeneuve, Vincent
de Beauvais, Marsile Ficin, représentant le moyen âge et la
Renaissance, rendent également hommage à la princesse qui déjà
médite un mausolée destiné à tenir des deux époques. L'*Urba-
nité* (2) que définit messire George Chastellain, annonce la
civilisation nouvelle : « facetie sans fascherie, voix sans cla-
meur, ris sans glatissement, tout sans excessivité, gentillesse
ou courtoisie qui sçait bien son entregent et demonstre avoir
hanté bonnes gens et saiges. »

Non moins moderne est la définition d'*Innocence*, développée

(1) Cf. Les anciens peintres flamands. par Crowe et Cavalcaselle,
trad. et notes de Ch. Ruelens et Al. Pinchart. Ce dernier a plus
d'une fois attiré l'attention sur la *Couronne Margaritique* au
point de vue de l'histoire des arts.

(2) V. Œuvres de Lem. t. IV, 103.

par le platonicien Marsile Ficin, le grand l'apôtre de humanisme : « Innocence est une netteté et intégrité de courage,
qui fuit et abhorre toutes choses par lesquelles on fait tort ou
iniure à autruy : son oposite est Nuisance. Et à parler propre-
ment, estre innocent nest autre chose fors que non estre nui-
sant, moleste ou torsionnier à aucun. Et ne se prend pas pour
estre sot ou insensé, comme les vulgaires le disent communé-
ment. » (1) Et pour ce quiconques ha ceste vertu, on ne doit
point estimer quil ayt une douceur ou une simplesse mespri-
sable, mais plustost une bonté qui fait grandement à louer, et
une vertu droitement *humaine*. »

Malgré ce style merveilleux pour l'époque, comme dit Adolphe
Mathieu, la *Couronne Margaritique* ne fut peut-être pas imprimée pour des raisons politiques. Le naïf Lemaire, donnant
l'essor étourdiment à toute sa vénération quasi héréditaire pour
la maison d'Autriche, avait donné de la déloyauté française
des preuves trop troublantes. Quand on se décida à l'impres-
sion, on les supprima en se bornant à une note par acquit de
conscience : « Lautheur en parle comme un affectionné serviteur de sa maistresse, sans sauoir plus auant les importances
à luy pour lors incongnues. » (2) C'est ainsi que l'auteur fut
souvent éconduit, ballotté entre plusieurs courants diplomatiques. Il n'est que sage et juste de lui tenir compte et de sa
naïve pétulance d'imaginatif et de sa subalternité inévitable.
De là, d'ailleurs, des contradictions et des incohérences insolu-

---

(1) Dans les anciennes lois et coutumes ainsi que dans les croyances
populaires *sot* (fou) et *innocent* étaient presque synonymes.

(2) V. Epistolæ et carmina quibus elegantissime in medium datur
repudiatio fili Regis Romanorum Maximiliani per Regem Carolum
etc. Jacobo Wynpheling (Augsbourg 1492).

bles en sa biographie comme en sa bibliographie. (4) *Le notaire
impérial* n'est que trop souvent primesautier ou rêveur comme
Mathurin Regnier :

    « Comme un poëte qui prend des vers à la pipée. »

(3) Brunet, Manuel du libraire, supplément I, 828 : « Rien de plus
confus et de plus difficile à établir. » Plaçons ici un document que
nous tenons de l'obligeance d'Alexandre Pinchart :

Compte de la recette générale des finances de l'armée 1506 aux
archives départementales du Nord à Lille, fol. 350 verso.

« A Jehan le Mayre, la somme de VI libvres XVII solz VI deniers
sur et en tant moins de la somme de XIII libvres XV solz pour
semblable somme que le Roy lui avoit ordonné au jour de ses
nopces et avancement de son mariaige, laquelle somme a esté
comptée par les escroes de la despense ordinaire de lostel d'icelluy
Roy durant le temps que feu Jehan Naturel estoit maistre de la
chambre aux deniers etc. » L'autre partie du payement figure à
l'an 1507 (fol. 170, recto). Il s'agit d'une gratification accordée le
24 octobre 1503, car on dit : « comme par extraict authentique de
la Chambre des Comptes de Lille, en date du 24 octobre 1503, poet
apparoir.

C'est au château de Clèves, devant Maximilien que Lemaire fut
nommé successeur éventuel de Molinet. (Chronique Annale, p. 522).

IX.

En 1506, tandis que Marguerite pose à Bourg-en-Bresse la première pierre de l'église votive si fameuse dans l'histoire des arts, son nouveau secrétaire est à Venise, sans doute pour quelque message impérial. Dans cette ville qu'il devait trois ans plus tard attaquer si violemment par ordre du roi de France, il recueille une prophétie : « Es festes de Pentecouste moy estant à Venise on me dit que labbé Joachin Calabrois, lequel avoit esprit de prophecie et fleurissoit environ l'an mille cent cinquante, leur avoit préfiguré leur décadence. »

En juillet il est à Rome « par curiosité cherchant livres et inscriptions » profitant fièvreusement de son séjour, s'enquérant auprès de tous, savants, poètes, humanistes, diplomates, chevaliers de Rhodes, etc. On dirait qu'il fait comme Froissart autrefois, moisson de renseignements pour ses maîtres. Dans l'exaltation que lui communique l'effervescence ambiante il fait « vœu solennel sur le grand autel de St Pierre pour le bien publicque de toute la chrestienté » d'achever son grand poème en prose. Une seconde fois, c'était en 1508, il fut à Rome, nous ignorons pour quels motifs et à la suite de quel haut fonctionnaire. Ce que ses écrits subséquents nous autorisent à dire, c'est que ses voyages d'Italie achevèrent de le conquérir à la Renaissance. A-t-il rencontré Erasme accompagnant alors les jeunes fils du médecin de Henri VIII ? C'est assez probable.   III

Plus que jamais, il est difficile de le suivre à cette époque.
C'est une ubiquité qui tient à la fois du subalterne toujours sur
le qui-vive et du rêveur parfois incohérent. Il ne fut jamais
d'ailleurs le *rerum immersabilis undis* d'Horace. Entre les
deux grands voyages, nous le retrouvons à Malines, installé
comme indiciaire ou notaire impérial, chanoine prébendaire
de la Salle-le-Comte de Valenciennes. Le 11 septembre 1507 il
prêtait serment à Marguerite pour remplacer son oncle Molinet
(mort le 25 août) comme bibliothécaire. Une lettre latine
retrouvée à la Chambre des Comptes de Lille montre Lemaire
à Bruxelles s'occupant avec sa fougue ordinaire d'antiquités
romaines. Il écrit à Jean de Marnix, secrétaire de Madame,
pour lui rappeler les pastiches bucoliques de Pétrarque et les
discussions archéologiques qu'il se félicite d'avoir avec les·
Busleiden, si connus comme promoteurs de l'érudition nouvelle (1). Il connaît surtout Gilles, vicomte de Grimberghe,
dont l'hôtel à Malines était un riche musée. C'est à ce *sénateur*
du Grand Conseil que Thomas Morus dédiait alors son *Voyage
à l'Ile d'Utopie*, qu'il avait conçu à Anvers.

A la même date, une lettre adressée au héraut Luxembourg
recommande la propagation des *Chansons de Namur* qu'il vient
de composer et que Henri Heckert achève d'imprimer à
Anvers (octobre 1507). Les *Chansons* célèbrent la défaite infligée
aux Français de Robert de la Marck, par les paysans arden-
nais. C'est « la destrousse de St Hubert d'Ardenne. » Malgré
la mention honorable accordée aux Spontin, aux Marbais, aux
Rollé, aux Derloigne et aux Dave, la noblesse en voulait à

(1) Biographie nationale, III, 203.

l'auteur, croyait-il : « *Quia praeclara nobilissimorum rustico-rum facinora carminibus nostris celebravimus, infensa est nobis quam nosti nobilitas ; sed parum curamus, cum veritatem sequimur.* » En effet, s'adressant à César (Maximilien) autre enthousiaste, il a écrit :

> Et cependant prens en gré les doulx chantz
> De tes bergiers en triumphe exaltez,
> Bien fut noblesse alors armée aux champs
> Cerchant aussy de soubzmettre aux trenchantz
> Ceux qui nous font guerre et hostilitez,
> Mais fortune a *les bas nobilitez :*
> Les haulx n'ont eu leur emprise oportune ;
> Tousiours vertu ne rencontre fortune.

Voilà bien l'homme, tout en ébullition, tout en dehors et sans souci du lendemain qui lui fut souvent terrible. En ce moment, il ne vibre que pour le triomphe de Marguerite, gouvernante des Pays-Bas et tutrice du futur Charles-Quint. Ce jeune prince de sept ans, dont il semble pressentir l'avenir inoui, il songe à le préparer à de grandes destinées par son grand ouvrage toujours remis sur le métier. Mais sa subalternité le contrarie encore plus que sa nature inquiète et mobile. A peine a-t-il chanté des victoires, on lui impose des œuvres de deuil.

X.

C'est d'abord un *Traité des pompes funèbres*. « Par ung traictié à part intitulé des pompes funèbres antiques, lequel naguères ma petitesse a offert à vostre excellence, princesse illustre, vous avez leu non sans admiration et volupté la merveilleuse et presques incredible magnificence, touchant le cas de voz ancestres, princes troyens et belgiens. Et aussy des Grecz, des Roumains, des Egiptiens et autres nations de la superstition payenne des bons patriarches, et hommes illustres, en la loy Judaïcque. » En ces termes de lourdeur officielle il s'adresse à Marguerite, au début du prologue de « la pompe funeralle des obsecques de feu tres catholicque prince le roy dom Phelipes de Castille de Leon et Grenade, archiduc d'Austriche, duc de Bourgoigne. » On sait que Philippe-le-Beau mourut à Burgos le 25 septembre 1506. Ce ne fut qu'en juillet de l'année suivante qu'on put procéder à la grande cérémonie, dans l'église de S' Rombault de Malines. Lemaire, dans sa chronique et dans cette « Pompe funeralle » décrit minutieusement la splendeur de l'appareil royal.

« Et le tout fait selon la devise et disposition de Thomas Isaac souverain Roy d'armes du tres noble ordre de la Thoison d'or. Natif de Haynau, homme de grant elloquence et memoire. Lequel outre ce que jay veu des choses dessus mentionnees, ma aussi informé de la proprieté de plusieurs termes les plus

necessaires, quant aux blasonnemens. Et aussi a fait pareille-
ment Jacques Lecoq dit Luxembourg le herault, homme tres
espert en son office d'armes. » En terminant, il regrette que
sa première œuvre d'indiciaire ait été « funerallc et non
triumphalle. »

Marguerite « le vrai grand homme de la famille et le fondateur de la maison d'Autriche » dit Michelet (Hist. de France 7,
146) obtint son plus grand triomphe diplomatique par la Ligue
de Cambrai (1508). Ce fut le sujet d'un nouveau dithyrambe
en prose et en vers de son secrétaire : « Cy commence ung
nouveau traictié nommé la Concorde du gendre (sic) humain,
composé à lhonneur de la Sainte Conception de la glorieuse
Vierge, le jour de laquelle fut conclue à Cambray la tresheureuse
paix, moyennant la prudence et félicité de Mme Marguerite
d'Austriche, etc. » On ne retrouve plus l'exemplaire décrit par
Brunet. Quelque chose de ces dix-huit feuillets in-quarto
gothique, imprimés à Bruxelles par Thomas Vandernoot, se
rencontre çà et là en d'autres écrits où Lemaire se passionne
pour « la noble arbitre » soit dans la *Légende des Vénitiens*,
soit dans le *Sauf conduit*, soit dans les *Regretz de la dame
infortunée* où, après avoir déploré la perte de Philippe-le-Beau,
son frère,

> L'entreteneur de paix seure et certaine,

il félicite la princesse de ses triomphes pacifiques, et, jouant
sur la lettre, d'après une survivance médiévale, dit :

> Pour mettre à fin mainte discorde et guerre
> Une M au Ciel, et une sur la Terre.

Peut-être est-ce à tout cela que fait allusion cette partie du
titre des œuvres réunies de Lemaire : « de l'entretènement de
l'union des princes. »

L'union ! ce Belge qui avait retrouvé la neutralité nationale jusque dans l'impériale Franche-Comté, il la poursuivait partout. A son insu, cet enfant de la Lotharingie, laquelle, jusqu'au confluent de la Saône et du Rhône, avait jadis été comme une barrière entre la France et l'Allemagne, se ressentait-il d'une espèce d'atavisme de neutralité ? (1)

(1) La politique des *Nationalités* met les races audessus des peuples, et on peut soutenir, au contraire, que, dans l'ordre des choses morales, il n'est pas de création supérieure à celle d'un peuple composé d'éléments hétérogènes qui, par l'action lente du temps, se sont mariés et fondus ensemble.

G. Valbert (Revue des deux Mondes 1er mars 1889)l

XI

Dans la *Concorde des deux langaiges* qui semble dater de cette époque (1) on retrouve pour un objet spécial la grande pensée fraternelle des *Illustrations*. Deux littérateurs « qui de toute prime ieunesse sestoient entreaymez par admiration de vertu » discutaient les « préeminences quant à fidélité » (d'expression) des langues française et italienne. L'un alléguait Jean de Meung, Froissart, Alain Chartier, Meschinot, les deux Grebans, Millet, Molinet, Chastelain, G. Cretin ; l'autre, Dante, Pétrarque, Boccace, Philelphe, Seraphin, etc. Lemaire, tout plein encore de l'enchantement italien, en dépit de ses contrariétés professionnelles, se déclare tout d'abord pour l'*amoureuse concordance* : « Il mha semblé bon pour chose morale et duisant à la chose publicque, et aussi delectable aux lisans, de mettre peine à leur persuader et enhorter, tant en general comme en particulier, destre desormais dun mesme accord et voulenté, sans plus avoir de controverse entre eux, car trop en couste la façon. »

Il décrit alors le Temple de Vénus ; c'est la première partie

(1) Il faudrait placer l'œuvre plus tard, si l'on voulait retrouver Anne de Bretagne dans ces lignes (III, 99 : « Celle qui d'un haut cœur virile et masculin, prononçait maints nobles termes amoureux et prudents, par elegance feminine. Si me requit vouloir mettre main à la plume pour descrire le tumulte amoureux de leur débat, et l'accord prochain qui sen pourroit ensuivre. »

« rhythmee de vers tiercets à la façon italienne ou toscane et florentine : ce que nul autre de nostre langue gallicane ha encores attenté densuiure, au moins que ie sache. » (1) **Dans** sa description le poète songe évidemment à ce *Forum Veneris* que ses amis lyonnais croyaient retrouver dans Fourvière. Peut-être avait-il fait cette partie pour l'académie *Angelicque*. Il chante la poésie nouvelle, et pour les vieux genres que Dubellay appelle *espiceries*, il dit :

T'ous vieux flageots, guisternes primeraines. (2)

Dans sa Renaissance, il englobe les musiciéns belges Ockeghem, Josquin Desprez et Louis Compère. Après de curieuses allusions aux concours poétiques de Lyon depuis Claude jusqu'à Louis XII, il fait apparaître l'archiprêtre Génius, l'apôtre de la libre vie dans le Roman de la Rose. Ce « sermon » n'est là que pour préparer le contraste du Temple de Minerve décrit « en rythme alexandrine. » L'allusion devient de plus en plus transparente : il faut que l'accord se fasse entre les deux langues par le labeur littéraire et historique. Un personnage nommé *Labeur historien* invoque Charlemagne et Francion, et nous sommes de plus en plus reportés vers le manifeste des *Illustrations* :

Les Turqz ont peur de vostre bruit et fame,

Et vos fiertez redoubtent et eschièvent.

(1) Rathery, Influence de littérature de l'Italie sur les lettres françaises (pp. 15 et 52) cite cependant Rutebeuf et Adam de la Halle. — De Gramont, (Prosodie française) croit à l'introduction du tercet par Hugues de Salel, poète né seulement en 1504.

(2) Pasquier dit encore : « Renouvellement de querelle qui se fait de jour à autre entre les Français et les Italiens, quand les occasions se présentent.

C'est l'obsession de la croisade finale qui reparaît à tout propos. L'élégance et la fluidité du style semblent accuser une refonte de la composition très soignée.

Au printemp de 1509, il est installé avec deux neveux orphelins « en l'université » de Dôle-la-joyeuse. Louis Barangier, greffier du Parlement et fort avant dans l'intimité de Marguerite, avait fait obtenir à Lemaire « séjour ordinaire, provision et résidence en échange du canonicat de Valenciennes. [1] Une autre prébende lui fut assignée qui lui permit de se livrer à ses études et de surveiller celles des enfants d'un frère « mort bon gentdarme, en la guerre de Gueldre. » Il aimait cette ville bourguignonne, si enthousiaste de Marguerite plus libérale en Franche Comté qu'aux Pays-bas. « Ce n'est pas, écrit-il à sa protectrice, par inconstance, par besoin de changement, comme on l'en soupçonnait ; c'est par goût pour les études universitaires et à cause du voisinage du Lyonnais et du Beaujolais où il a tant d'amis. » Il s'en est déjà fait à Dôle qui, comme lui, en aiment les antiquités, l'amphithéâtre, l'aqueduc, la voie romaine. Par Jean de Paris dont il surveillait le fils à l'Université, il s'est lié avec le professeur Cornelius Agrippa (l'*Agrâfâ*, grimoire du peuple liégeois) le savant mais extravagent ennemi de la scolastique, le cabalistique commentateur du *De verbo mirifica*. Agrippa, qui semble un prototype de Faust entremêle Renaissance, étude de la nature, magie et sciences occultes, convoque à Lyon une sorte de congrès d'alchimistes et néanmoins se fait protéger par Maximilien, Marguerite, Charles-

(1) Al. Pinchart a trouvé aux Archives du Royaume la trace de cette permutation au profit de Nicolas Perly (Compte des droits du grand Sceau, n° 20402, fol. 4 recto).

Quint, Erard de la Marck, Léon X. C'est un des esprits les plus compliqués, les plus troublants de cette époque d'agitation confuse. Lemaire qui, à Rome avait gravement médité une prophétie de la sibylle Erythrée, fut aisément entraîné dans le tourbillon des paradoxes. Il avait soif de nouveauté comme tous les studieux qui l'entouraient.

Etrange époque que cette dernière transition du moyen âge à la Renaissance ! « On dort et l'on ne dort pas, dirait V. Hugo, on est tout à la fois dans le réalité et dans la chimère : c'est-le rêve amphibie. » L'empereur Maximilien qui ruse avec tout le monde, qui croise et entrecroise sans cesse les fils de sa diplomatie rêve d'être pape, veut mener le monde à la croisade, demande à Agrippa ou à Faust, l'évocation du grand Hector ; écrit ou inspire le *Theüerdanck* et le *Weiss-Künig* (1). Si l'on parcourt la riche bibliographie lyonnaise pendant l'apogee de l'Académie de Fourvière, le tohu-bohu des idées n'est pas moins manifeste.

Marguerite reçut alors de son indiciaire vagabond un livre qu'on a retrouvé dans sa *librairie*, où les romans d'autrefois et les chimères du jour se coudoyaient. C'est l'histoire des Gestes du Sophy, prince Syach Ismaël et la prise d'Orant en Barbarie, le tout d'après une récente publication italienne (2). Il s'agissait d'Ismaël 1er, Shah de Perse, fondateur de la dynastie des Sofis

(1) Un des plus populaires souverains de l'Allemagne, le dernier des chevaliers, dit J. Janssens (*L'Allemagne à la fin du moyen-age* (1887) trad. fr. p. 492) ; vaillant, juste, mais dépensier, irrésolu, trop confiant, débonnaire, trop accommandant, trop crédule. Son idéal se mêle de Renaissance et d'idées surannées.

(2) Par ordre du cardinal Ximenés, Oran en Algérie fut pris le 10 mars 1509. — Le texte concernant la prise d'Oran ne se rencontre nulle part dans les œuvres de Lemaire.

ou Sefewis, grand conquérant, prophète redouté, poète admiré. (1)

Ce « roy de Perche » ennemi des Juifs et des Sarrasins, « aux chrétiens il se monstre beniuolent : car il laisse en son entier toutes leurs églises et chappelles, sans y toucher par violence. Pour monstrer le grant désir quil ha de destruire de rasse et de fons en comble la loy Mahometiste, il s'est esforcé par plusieurs fois de solliciter les princes chrétiens, à ce (2) quilz esmussent la guerre au Turc, du costé d'Europe. Et que de la part d'Asie il ne luy faudrait pas. »

Picrochole, qui se rêve empereur de Trebizonde ne dit-il pas à ses courtisans : « Ne tuerons nous pas tous ces chiens Turcs et Mahumetistes ? » (3)

Un autre livre que Lemaire avait trouvé en Italie, lui avait donné l'idée de composer « Le navigaige des Indes nouvellement trouvé. » On voit combien il était à l'affût des poussées nouvelles. Volontiers il eût dit avec le gantois Joos Lambrecht : *Cessent solita, dum meliora.*

Mais la grande nouveauté, préparée depuis 1500, allait enfin aboutir. L'ami de Pérréal et des académistes préparait chez Estienne Baland à Lyon la publication de son premier livre des *Illustrations de Gaule et Singularitez de Troye.* Rien ne l'avait distrait de son œuvre, pas même « l'ordonnance de l'entrée du roy » Louis XII, revenant d'Italie, et toutes les besognes littéraires et décoratives dont les Lyonnais l'avaient chargé en l'absence de Jean de Paris. Jamais sa position *neutrale* ne fut

(1) Cf. de Hammer, Hist. de l'empire Ottoman.

(2) *Solliciter à ce que* se retrouve dans le belgicisme : *demander à ce que....*

(3) Gargantua, chap. 25. Rabelais par le « passons oultre » semble viser plutôt le petit-fils de Maximilien.

plus délicate (on le voit par ses lettres) ; mais il échappait par l'envergure de ses utopies. « L'empereur et le roy sont touiours en bon accord » écrivait-il à Barangier, au moment d'obtenir « le privilège du Roy. »

Pour remercier sa patrone de l'*otium cum dignitate* qu'elle lui avait accordé, il lui dédie son œuvre en l'appelant *Margarita Augusta pacis instauratrix*. Puisque Maximilien et Louis XII s'entendent pour la paix du monde, c'est l'heure de rappeler par les hauts témoignages de l'histoire leur commune origine troyenne. Germains et Gaulois sont frères. « La princesse pacificque ha commandé à lindiciaire et historiographe stipendié de lArchiduc Charles, son neveu, et d'elle, de labourer en ce beau temps de paix à l'achèvement de ce présent volume despieça commencé, à fin qu'il puist estre publié et divulgué par plusieurs exemplaires pour donner occupation voluptueuse, et non pas inutile, aut dames de France, en cueillant la substance de ceste œuvre, par laquelle icelle tres humaine Princesse les salue debonnairement, comme celles avec lesquelles elle a eu conversation privée et délectable, au temps de sa prosperité : et outre plus courtoisie consolatiue en son adversité : si luy souvient tousiours d'elles. » (1)

Maintenant que sa plume n'est plus « infelice, outil calamiteux et qu'il n'est plus « retiré de son emprise utile » (2) il peut amplement décrire les nobles origines : « il est bien mestier de ramener à lumière toute ceste belle antiquité, laquelle ha esté absconse et celee iusques à present à la pluspart

____

(1) Bien que Marguerite n'aimât pas les Français, elle eut d'excellentes relations avec Anne de Bretagne et d'autres nobles dames.
(2) V. Œuvres de Lemaire, t. IV, 15.

des hommes. » Que cette « merveilleuse et tres antique generosité des princes les pousse enfin contre les Turcs qui « fou-
lent leur honneur. » L'auteur est fier de citer ses sources :
Homère et Virgile, César et Suétone, Lucain et Euripide trans-
laté par Erasme de Roterdam, Hérodote et Josèphe, Fulgentius
Planciades et Manéthon et Archilochus en son livre des temps
et Xenophon en ses Equivocques et tant d'autres « acteurs alle-
guez en ce premier livre » mais surtout Jacques de Guise (3),
Dictys de Crète et Darès de Phrygie. Au besoin, il remonte
jusqu'au déluge, nous montrant « Noë, sauvé dedens son arche
lan six cens de son aage, le XVIIIᵉ iour du moys d'Auril. »

Au temps que la déesse Isis vint en Gaule, le roi Lugdus
engendra Belgius « duquel le nom déclaire assez, que de luy est
denommée la grande et noble, et populeuse province de Gaule
Belgique, dont lacteur de ce livre est natif. » A Bavay « appa-
rent encores les trasses et ruïnes » de la grand cité de Belges.
Bavo, cousin de Priam, se rattache à Dardanus dont la terre
« est maintenant sous la main du Turc, lequel la tient deserte
et inhabitée, et ne veult qu'il y demeure personne : de peur des
chrétiens : comme nous déclairerons plus à plein en nostre
euvre de Grece et de Turquie. » (4)

(3) Lemaire le dit : « de merveilleuse literature (*alias* letreüre)
et diligence à investiguer les antiquitez de nostre Gaule Belgique. »
(I, 119).
(4) Lemaire fait souvent allusion à ce livre qui, dit Paquot (III,
4) n'a pas vu le jour. Cependant le manuscrit de Genève ajoute :
« ce livre, par nous composé. » Oeuvres de Lemaire II, 183 : « De
Penthesilée, est faite ample mention en nostre euvre de Grece et
de Turquie et du royaume des Amazones ».

XII

Cette magie du nom de *Troie* avait encore toute sa puissance. Aussi bien la découverte du véritable Homère n'était pas pour l'affaiblir. Ce qui pourrait d'abord étonner, c'est la généalogie qu'on étale ici, même au moyen de tableaux commentés avec solennité. L'étonnement grandit encore quand on voit Louis XII, souvent assez peu chimérique, changer sa devise : *Eminus, Cominus* en ces mots d'Anchise : *Ultus avos Trojoe*, après la bataille de Ravenne (1).

Mais Édouard III, dans une lettre adressée au pape Boniface et signée du roi et de ses barons, ne prétendait-il pas trouver dans les origines troyennes de l'Angleterre une des plus puissantes démonstrations de sa supériorité sur l'Écosse ? (2) En 1456, le pape Aeneas Sylvius n'écrit-il pas à Mahomet II : « Les Turcs, faux descendants des Troyens, seront chassés, avec l'aide de Mercure, au profit des Italiens, vrais descendants de Teucer qui relèveront l'ancien empire de Troye ? (3) N'avait-

(1) On sait que l'esprit français a pris sa revanche p. ex. dans le *poème des murs de Troye ou l'origine du burlesque*, par Charles et Claude Perrault. (Paris, Louis Chamondry, 1653).

(2) V. Chassang, Hist. du roman ; Essai sur le théâtre latin au M. A. — Moland et d'Héricault, Nouvelles fr. en prose au XIVe siècle, Introd. p. 45 à 134. Les métamorphoses de la légende troyenne. — P. Stapfer, Drames antiques de Shakespeare (Troïlus et Cressida).

(3) Zeller, Italie et Renaissance, I, 36. — Cf. Leber, Collection de dissertations, t. Iᵉʳ. — Ed. Duménil, Mélanges archéologiq. III. — K. L. Roth, Germania. — Barante, Les ducs de Bourgogne, éd. Reiffenberg VI, 6.

on pas aussi inventé une lettre de Mahomet II, le vainqueur de Constantinople, se réclamant d'Anténor, aussi bien que les Padouans ?

Le chanoine Audigier (Traité sur l'origine des Français, 1676) affirme que Clovis déjà croyait à cette origine classique. Leibnitz soupçonne qu'elle dérive de tout ce qu'on a lu dans la chronique de Prosper Tiron, à la fin du IV° siècle. Une charte de Dagobert porte : *ex nobilissimo et antiquo Trojanarum reliquiarum sanguine nati*, ce que reproduit en d'autres termes une charte de Charles-le-Chauve. Pas un moine chroniqueur qui ne s'incline devant ces traditions, que l'*Anno-lied* de 1085, rappelle par les mots : « *Die trojanischen Franken.* » Guillaume, abbé de St Trond se vante d'avoir vu Gerberge, petite-fille de Priam en l'an 980.

Quoi d'étonnant, en somme ? Ces âges sans critique révéraient « Rome la grant » comme la source de toute *clergie*. Un poète ancien, on le voit encore dans Lemaire, avait autant d'autorité que César ou Hérodote. Puisque les Romains affirmaient la descendance troyenne des Arvernes, des Massaliotes et d'autres Gaulois, pourquoi ne pas tout simplement universaliser cette donnée ? Rome elle-même dérivait de Troie ; elle était fière d'être le séjour des Aeneadae, comme on disait dans les fables officielles (1). Les Césars s'appliquaient ce que Timée, Timagène et d'autres grecs avaient imaginé pour flatter les

_____

(1) Patin, Études de litt. latine II, 194. — Cf. Fléchier, Mémoires sur les grands jours, p. 44 : « Le président de Novion dit que les gentilshommes d'Auvergne sont issus du sang des Troyens et des Romains. » Sylvestre de Sacy déclarait encore regretter qu'on ne s'en tînt pas à notre origine troyenne et à notre bon roi Francion fils d'Hector et fondateur de la monarchie française.

Romains qui dès 250 avant J.-C. (sinon plus anciennement) avaient proclamé cette noblesse homérique. Le prestige d'Homère avait été partout si éblouissant que déjà vers l'an 600 Stésichore chantait aux Siciliens les voyages d'Énée en Occident.

Et, dans la littérature française, Jean de Meung, peut-être, avait composé sur la *Destruction de Troye la Grant* un poème d'où Jacques Millet tira son *Mistère* de 1463. Le temps n'était pas encore venu où André Thévet (Cosmographie universelle, 1575) osera dire : « C'est se moquer et tordre le nez à l'histoire de feindre de tels bastisseurs. »

XIII

Les *Illustrations*, dit Gaston Paris (Hist. poétiq. de Charlemagne) sont le couronnement de cette longue infatuation classique, de cette manie gréco-latine. Mais Lemaire prétend faire
œuvre de réaction originale. Il oppose gravement Dictys à
Darès pour discréditer les inventions romanesques qu'il attribue
à Guy de Columna, juge messinois du XIIIᵉ siècle et qui n'est
que l'arrangeur, le *desrimeur* du *Roman de Troye* de Benoit de
Sᵗᵉ More (1). Faut-il regretter que notre poète n'ait pas connu
le trouvère tourangeau ? Certes, avec sa douceur courtoise, il
eût été choqué de la brutalité avec laquelle le prince Hector,
en vrai chevalier du XIIᵉ siècle, traite Andromaque qui, d'ailleurs, apparaît comme une virago de la dernière classe du
peuple. Lui, qui se délectait, faute d'hellénisme, à la lecture
de la prose latine de Laurentius Valla (2), n'y aurait plus
reconnu les belles scènes de l'Iliade, ni celle des Adieux, ni
celle des supplications suprêmes de Priam et d'Hécube.

Au surplus, dans le roman de Paris et Oenone qui forme la
plus grande partie du 1ᵉʳ livre pour ne finir que fort avant

---

(1) Benoit de Sᵗᵉ More et le Roman de Troie ou les métamorphoses d'Homère et de l'épopée gréco-latine au moyen âge par
A. Joly, prof. à la faculté des Lettres de Caen. Ouvrage couronné
par l'Acad. des Inscriptions et B. L. Paris, Franck, 1871.
(2) Homeri poetarum supremi Ilias per Laur. Vall. in latinum
sermonem traducta foeliciter incipit. Romæ, 1497.

dans le second, la transformation poétique est toute autre. Elle
reflète la grâce et la finesse des cours de Marguerite et d'Anne
de Bretagne. Le style est d'une douceur élégante qui annonce
Amyot et l'Astrée. A partir du chapitre XX, par des pentes
ombrageuses, gazonnées et *doux fleurantes*, comme dira Montaigne, nous arrivons à cette prose poétique, « dulcifluente »
et de rotondité sonore qui débute vaguement dans Henri de
Valenciennes pour s'italianiser dans Christine de Pisan, se
cadencer cicéroniennement dans Alain Chartier, Gerson et se
surcharger, se compliquer ambitieusement dans le bourguignon
Chastelain (1).

Cette idylle qui précède la tragédie troyenne peut être con-
sidérée comme le premier modèle de ces récits pastoraux qui
eurent tant de vogue jusqu'à la fin de l'ancien régime. L'auteur
n'a pourtant pas songé à Théocrite, très peu à Virgile ; il s'est
inspiré de préférence des Héroïdes d'Ovide et de ses deux naïfs
commentateurs Ubertin et Antonin Volsc.

---

(1) « En prose tu pourras poëtiser aussi :
     Le grand Stagiritain te le permet ainsi. »
(Vauquelin de la Fresnaye, l'Art poëtique françois, ch. II, v. 261-2).
     On s'étonne que M. Pellissier (le Mouvement littéraire au
19e siècle 1889, p. 64) ait pu dire si catégoriquement : « Chateau-
briand a ce secret du nombre et du rythme que notre prose avait
toujours ignoré. »

XIV.

Il est toutefois visible qu'il a voulu se conformer à quelque pensée secrète de Marguerite quand il parle de la « fructueuse substance contenue sous l'escorce des fables artificielles. » Malgré une certaine liberté de détails amoureux, tels que les permettait l'état d'âme du XVIe siècle, il faut bien reconnaître que le roman aboutit à un panégyrique de l'honneur conjugal. Or, si nous remarquons que le jeune archiduc Charles est désigné dans ce texte « nostre beau Paris Alexandre qui sera plus tard un Hector », qu'est-ce qui nous interdit d'y reconnaître comme une sorte de *Télémaque* allégorique, à l'usage du futur Charles-Quint, déjà âgé de neuf ans ? (1)

Tantôt il chante les bienfaits de la paix, tantôt il énumère les pélerinages de Xerxès, d'Alexandre, de César, de Constantin, etc. aux ruines de Troie « pour servir à lenhort et admonestement de nos princes chrestiens contre les Turcs » tantôt enfin il décrit avec une complaisance significative tous les exercices propres à développer les forces physiques, comme s'il plaisait aux idées pédagogiques du gouverneur de Chièvres-Chimay (2). Un berger, qui ressemble à celui de Longus, prend

(1) On voit, par la Correspondance (Leglay) combien Maximilien et Marguerite s'occupent de cette éducation. Cf. Henne, Hist. de Charles-Quint II, 72.
(2) A cette époque, le jeune archiduc Charles est roi du tir des coulevriniers de Malines, du Grand-Serment de l'Arbalète à Bruxelles et de celui de l'Arc (*Handbogen*) à Malines. Son frère puiné, Ferdinand, était élevé chez son aïeul en Espagne.

soin de quatre enfants qui sont comme la préfiguration de Charles, d'Éléonore, d'Isabelle et de Marie, les quatre enfants de Philippe le Beau mis sous la tutelle de Marguerite ; on pense aussi bien souvent à Télémaque chez Admète. La rencontre d'Oenone et de Pâris au 24e chapitre, semble un premier essai de Fénelon. A la douceur du style s'ajoute encore la morale spiritualiste.

Le Jugement de Pâris est un épisode à étudier pour saisir au vif l'éclosion de la pensée du XVIe siècle. C'est évidemment une partie capitale et soignée *con amore*. Outre le coloris à la Rubens et les grandes figures d'une magnifique tapisserie mythologique de Bruxelles, on y retrouve les naïfs souvenirs du moyen âge qui moralisait tout, jusqu'à trouver de la théologie dans Ovide.

Pourquoi Lemaire accumule-t-il ici toutes ses richesses même incompatibles ? Pourquoi, après le réalisme le plus hardi, le platonisme le plus subtil ? Pourquoi tant de beaux discours, tant de *conversazioni* à la florentine et presque à la Scudéry ? Pourquoi cette musique du doux coulant ramage et ces ravissantes gentillesses d'un paysage réellement pastoral ? (1).

C'est que le moment psychologique a sonné : il faut « prester ascout » à la haute leçon qui doit un jour sauver Charles d'Autriche. (2) Le voici l'arbitre des trois déesses, c'est-à-dire, des

(1) « Il est certain que les plus riches traits de cette belle hymne que nostre Ronsard fit sur la mort de la royne de Navarre sont tirés de luy, au jugement que Pâris donna aux trois déesses. » Estienne Pasquier, Recherches de la France, livre VII, chap. V.

(2) J. Wey (Hist. des révolutions du langage en France), n'a pas vu que Philippe de Maizières, par son *Songe du viel pelerin*, était le précurseur de Lemaire. Même intention d'allégorie pédagogique (pour Charles VI), même ampleur périodique. Il était fort prisé par le cardinal Du Perron.

trois partis à prendre. Oublions le Charles-Quint réel, celui que ni Vivès ni Erasme ne purent diriger, celui que Vacca et Adrien endoctrinèrent trop à la Sénèque et à la Burrhus (1) tandis que Chièvres n'en eût voulu faire qu'un soldat.

« Le doux vent Fauonius, qui souffle d'Occident et fauorise aux boutons sortans des branches des arbres, faisoit cresper doucettement et figurer multiformement la partie superficielle des nobles undes du Scamander. Et le tresbel Alexandre se delectoit à ouyr le chant des oiseletz, qui decoroient la fresche matinée de leurs harmonieuses chansonettes..... » Toute la nature est en fête printanière et se prépare à recevoir les Olympiens qui doivent assister aux noces de Thetis et de Pélée, où la Discorde jettera « la pomme d'or » entre Junon, Pallas et Vénus. Ganymède prononce un discours précieux et solennel comme Jean d'Auton en mettait alors en ses royales chroniques. Mercure est plus fin, plus trouveur de vocables rares.

A remarquer l'argument que l'auteur donne de son 31ᵉ chapitre. « Recitation des oraisons et des offres faites à Paris Alexandre, par les deux puissantes Déesses Juno et Pallas. Avec explication totale de leurs habits, aornemens, valeurs et puissances. Esquelles choses qui bien y voudra viser, on peult

(1) Il ne dit, il ne fait que ce qu'on lui prescrit :
 Burrhus conduit son cœur, Sénèque son esprit
                    (Racine, Britannicus).
Encore en 1516, Alonzo Manrique, qui fut plus tard archevêque de Séville, écrivait : « Notre prince a d'heureuses dispositions, mais on l'élève mal. Il devrait avoir plus d'entregent. Il est trop conduit, il n'agit et ne parle que d'après autrui. Il a près de dix-sept ans ; n'est-il pas temps qu'il agisse spontanément?..... » (V. les jugements des diplomates dans le 1ᵉʳ vol. de Hermann Baumgarten Geschichte Karl's V. (Stuttgart, 1885). — Cf. Varillas, La pratique de l'éducation de Charles-Quint. Paris 1689, 2 vol.

cueillir assez de fruit allegoricque et moral aux couleurs poe-
ticques. » En effet le moindre détail de toilette a sa « signi-
fiance » comme dans le *Parement et le Triomphe des dames
d'honneur* d'Olivier de la Marche. Junon, d'abord en style im-
périeux, morigène le futur maître du monde (car on est bien
plus près de Charles-Quint que de Pâris) : « Dresse les voiles
de la pensee fluctuante ès flotz de ieune cupidité, en vouloir
hautain de sceptres maintenir. Savoure la beatitude de ceux
qui règnent et qui ont tout pouvoir et licence d'achever hauts
faits, de débeller les orgueilleux rebelles (*debellare superbos !*)
et autres diverses euvres appartenantes a la majesté tressacrée,
Imperialle et Royalle, et regime de la chose publique. »

Minerve a le verbe plus savant, plus latin, plus novateur.
Palsgrave, le grammairien de Henri VIII et qui n'a pas l'hor-
reur de Geoffroy Tory « pour les inventeurs et forgeurs de
mots » donne aux gens de la cour de Windsor comme échantillon
de « son Apulée » (1) cette harangue magistrale :

« Enfant de bonne indole, et de tresingenieuse nature, lequel
ie congnois par la demonstration de la physionomie, estre flexi-
ble à toute docilité, et à la comprehension du hault savoir que
les dieux mesmes ont en leur espargne, puis que ton vueil est
ores en balance, ton pié prest à demarcher pour tirer ung chemin ou aultre (2), et les yeux de ta pensee interieure vacillant
en lelection de choses differentes, prens à ceste heure ton ploy
non effassable : imbue le vaisseau de ta noble ame, de liqueur

(1) L'Esclarcissement de la langue françoyse par Palsgrave,
p. 62 de l'éd. Génin (Documents inédits, 1852). Il en donne même
une transcription phonétique, afin, dit-il, de montrer la grande
différence (*great difference*) entre le parlé et l'écrit.
(2) *Hercules in bivio.*

prudente et vertueuse, et depainctz les tablettes de ta haulte perspicacité de couleurs precieuses et immortelles... »

L'étude que Junon faisait « postposer » à la vie active d'un prince, Minerve y insiste avec toute l'argumentation scientifique du temps.

« A peine pouvait attendre Venus, à qui la prudente parole estoit fastidieuse, que Pallas eust sa raison acheuee, quand elle ouurit la bouche pour parler. Mais auant il nous faut descripre ses aornemens. » Quels détails à faire pâmer nos chercheurs contemporains d'esthétique raffinée ! Dans ce portrait, dans ce luxe, dans ce gazouillis de sirène, qn a pu signaler « un idéal nouveau créé par Lemaire » (1) Et cependant, remarquez l'influence de Marguerite alors tutrice des quatre enfants de son frère. Vénus, malgré les touches voluptueuses d'un pinceau italo-flamand, incline toute sa grâce devant « les nopces chastes, honnestes et legitimes. » C'est une chaste Vénus Uranie, en « depit des rhetoriques couleurs » d'un marivaudage qui a la fraîcheur dune syntaxe naissante.

Par cette frondaison luxuriante, analogue à l'acharnement de luxe déployé aux jubés de Brou, de Louvain et de Dixmude, Lemaire satisfait les goûts somptueux de la Cour et semble provoquer ce compliment de Dubellay : « Bien diray-ie que Jean Lemaire de Belges me semble auoir premier illustré et les Gaules et la langue françoyse, luy donnant beaucoup de mots et manières de parler poétiques, qui ont bien seruy mesmes aux plus excellents de nostre temps. » Ce que Pasquier confirme en ces termes :

(1) La beauté des femmes dans la Littérature et dans l'Art, du 12e au 17e siècle ; analyse du livre d'Ant. Niphus, Du Beau et de l'Amour, par J. Houdoy, Lille, 1876.

« Le premier qui à bonnes enseignes donna vogue à nostre poésie fut maistre J. Lemaire, auquel nous sommes infiniment redevables, non seulement pour son livre de l'*Illustration des Gaules*, mais aussy pour avoir grandement enrichi nostre langue d'une infinité de beaux traits tant en prose qu'en vers, dont les mieux escrivans de nostre temps se sont sçu quelquesfois bien aider. »

XV.

Afin que « lune des meilleurs parties du fruit de toute ceste
œuvre, cest a sauoir le jugement de Paris soit mieux auctorisee
et esclarcie » on va jusqu'à invoquer un mot de l'apôtre St-
Pierre au philosophe Nicétas. Il s'agit d'allégorie comme dans
le Virgile de Planciadès, qui alimenta tant de siècles de sym-
bolisme. (1)

Bien que le second livre n'ait paru qu'en 1512, après avoir
été présenté « à Madame Claude, (2) première fille de France,
au chasteau royal de Blois le premier iour de may, par
J. Lemaire, secretaire et indiciaire de Madame Anne deux fois
Royne de France, l'allégorie continue sa marche solennelle et
son interprétation grandiloquente. C'est maintenant la tragédie de Troie amenée par la belle Hélène, la fatale incarna-
tion de Vénus. « Icy, dit l'auteur, vous cognoistrez quelle difference il y a entre Vénus dame de mollesse et de lascheté tres
damnable, et lautre Vénus deesse damours et de beauté pure et
nette, qui sentend de vraye amour coniugale et licite.» Tout
en suivant Dictys (3) et surtout Homère dont il sent bien

(1) J. Stecher, La légende de Virgile en Belgique (Bulletins de
l'Acad. royale, 3e série t. XIX no 5).

(2) La princesse Claude n'avait alors que treize ans.

(3) Les Occidentaux préféraient cependant Darès, parce qu'il
était de Phrygie, c'est-à-dire troyen. Cf. Moland et d'Héricault,
Nouvelles françaises en prose du XIVe siècle (Introd.)

« lanticquité » il poursuit son thème de sagesse princière. Il
rappelle à « tous gentilzhommes modernes » combien le grand
poète signale la misère des « effeminés et des appaillardys. »
Le deuil d'Oenone à la mort de Pâris est développé comme s'il
s'agissait des deuils de Marguerite, l'héroïne « de la vraye
amour coniugalle. » (II, 206). En terminant son Iliade ou plutôt
ses *posthomerica*, le poète qui se croit et se dit historiographe,
prend gravement à partie l'ironique déclamation où Dion
Chrysosthôme soutient que Troie n'a pas été prise.

« Et par ce second livre, tous lecteurs et auditeurs se peuvent bien tenir pour contens et bien informez de la verité de
toute lhistoire, afin qu'en *painctures et tapisseries* on ne fasse
plus nulz abus, sinon que (1) lerreur inveteree de Guy de la
Colonne et de ceux qui lont ensuiuy, tant en rime comme en
prose, lesquelz ie ne veulx pas nommer, vaillent mieulx que
ceste mienne euvre laborieuse et *bien digerée* ». (2)

Il fant songer à l'époque de transition de ce que les allemands
appellent le *mittelfranzösisch* pour ne pas trop sourire quand
il se vante d'avoir découvert le docte commentateur de Manéthon : « de laquelle communication faisant à la chose publicque
pour mieux honnorer les Princes, ie m'ose bien vanter sans
arrogance auoir esté le premier inventeur, quand ieuz recouuré
les œuures dudict commentateur à Romme. » (3)

(1) C'est-à-dire, à moinsque.... — Emile Chasles (Echo de la Sor-
bonne, III, 385) dit que la cathédrale de Beauvais a des tapisseries
représentant Jupiter et Hercule apportant en Gaule l'alphabet et
la civilisation. Ce serait d'après le texte des *Illustrations*.

(2) C'est le *digest* des Anglais. Nous savons par le premier Prologue combien l'auteur a mis de temps à *rédiger* son livre.

(3) Il s'agit d'Annius de Viterbe, le grand ami du pape Alexandre VI (Borgia) et qui commentait des textes fantaisistes dans ses

Au troisième livre, non moins laborieusement *digéré*, puisqu'il ne fut « acomply en la cité de Nantes » qu'en décembre 1512, l'auteur, faisant hommage à Anne de Bretagne, à la Junon Armoricaine des bois dessinés par Perréal, revient à son véritable objectif : l'Europe pacifiée pour délivrer les esclaves de la Turquie.

> De lune et lautre Troye, une mesme faisons :
> Et à ce nos nepveux dun courage induisons.

Dans son imagination toujours en éveil, si le premier livre n'a été que le bourgeon, le second la fleur, ce troisième doit être le fruit. Par la prophétie d'Helenus, Charlemagne a été désigné comme chef des deux Frances, la Germanique et la Gauloise. Puisse la bonne princesse, qui tant aime la littérature, être « moderateresse et moyenneresse du bien de la Paix universelle ! »

Cette fois, il veut se faire plus savant que poète. « Assez daultres allegations y ha qui sont tirees des anciens livres, marbres, inscriptions et vieux epitaphes, dont lacteur ne sait pas les noms de ceulx qui les ont composez. » (1) Une seconde dédicace est à l'adresse de monseigneur maistre Guillaume Cretin, « venerable et singulier orateur, tresorier du bois de Vincennes, chapellain ordinaire du Roy treschrestien Loys douziesme. » A ce couronnement de l'œuvre maîtresse peut

Antiquitatum variarum volumina (Rome 1498 in-folio). C'était aussi un partisan de la croisade turque. (De futuris christianorum triumphis in Turcas.) Gênes 1480, in 4º.

(1) Il se vante ailleurs d'avoir découvert et déchiffré plus d'une inscription « tant deçà comme delà le Rhin, et en nostre Gaule Belgique ; mais, afin que trop grand prolixité sur un propos n'en gendre ennuy, il vaut mieux icy clorre le pas. »

bien présider celui qui encouragea ses débuts à Villefranche.
« Il me semble que ce present troisieme livre est imprimé
assez feablement par maistre Raoul Cousturier, et digne assez
destre veu et leu et prisé, comme la façon de lun des disciples
de ta domination. » En parlant ainsi, il se souvient de l'avoir
jadis appelé monarque de la rhétorique.

Il se souvient aussi de Marguerite, malgré la dispersion de
ses hommages. A propos de la « grand cité de Sicambre » fon-
dée par Francus sur le Danube, l'auteur de l'*Amant verd* a soin
de raconter comment la fille de Maximilien, au lendemain de la
mort de Philibert, alla voir et boire « en une coupe d'or, à la
source primitive et fontaine du grand fleuve Dunoe. »

D'autres souvenirs encore l'obsèdent, quand, alléguant
Jacques de Guyse, il cite la forêt de Mormale, les chasses
d'Ardenne, les ruines Nerviennes, les légendes du chevalier au
Cygne, Gambrinus le dieu du vin d'orge, l'union des Thiois et
des Wallons et les origines de Gand, d'Anvers et de Tongres (2).
Malgré sa résidence à la cour française, il déclare, de par une
étymologie digne du temps, que la « terre de Germanie est la
vraye germinateresse et produiteresse de toute la noblesse de
nostre Europe. » C'est pour conclure par la « genealogie
historialle de lempereur Charles le Grand » et aboutir au vœu
de l'union gallo-germanique qui fut aussi, il y a cinquante ans,
le rêve de Victor Hugo (3).

Dans la « Peroration de lacteur aux nobles lecteurs et audi-

(2) Il faut lire II, 353-355, pour le voir aux prises avec les étymologies flamandes.

(3) V. Le Rhin : « L'alliance de la France et de l'Allemagne
disposera des destinées de l'Europe et du monde. Même mission,
mêmes devoirs.... Leur union s'impose. »

teurs » il s'incline avec modestie : « Et mha semblé que ie
faisoye comme font ceux qui amassent les menuz espics de blé,
après les moissonneurs : ou ceux qui gardent de perdre les
raisins que les vendangeurs ont laissez derrière » ajoutant gra-
cieusement : « laquelle chose est permise à chascun par droit
diuin et humain. »

Par une chaleureuse péroraison, il adjure tous ces peuples
de même origine de courir sus aux Turcs. (1) Pour lui, « quand
il plaira à noz souverains, Prince et Princesse, » il parachèvera
son livre sur l'Asie, tel qu'il l'a promis au grand autel de
St Pierre de Rome « pour le bien publicque de toute la Chrestienté. »

(1) En 1502, à Anvers, Thierry Martens avait imprimé *Exhorta-
tion aux princes chrestiens* par Jean Faber de Carvinio, chape-
lain de Maximilien (Ch. Ruelens, *L'amour du livre*. Brux., Falk,
1888 in fol.). Encore en 1529, Louis Vivès, l'ami d'Erasme, publiait
De conditione vitae christianorum sub Turca et s'attirait la
colère de Charles-Quint en lui dédiant son *De Concordia et Discordia.*
(Altmeyer, Les précurseurs de la Réforme aux Pays-Bas I, 76.)

XVI.

Ce poème de l'union, comme le fut l'Énéide en son temps, pouvait, sans esclandre, être tour à tour dédié à la France et à l'Autriche. Elles étaient d'ailleurs dans un intime accord depuis la ligue de Cambrai. On avait vu un prince-évêque de Liège, Erard de la Marck, paraître à Agnadel. Cette victoire avait fait jurer à Maximilien une inviolable reconnaissance à Louis XII ; il lui avait même annoncé qu'il venait de brûler un livre, conservé à Spire, et dans lequel étaient notés tous les griefs de l'Empire et de la nation germanique contre la France. Quoi de plus légitime, dès lors, pour Lemaire que d'écrire autant pour l'un des pays que pour l'autre ?

La *légende des Vénitiens*, il le déclare à Louis Barangier (1509) « est à lhonneur de Madame Marguerite. » Car elle doit détester ces orgueilleux écumeurs de la Méditerranée, qui « ont maintenant le vent au visaige. » Depuis 1506, il sait toutes les prophéties qui les menacent. Mais « c'est œuvre de Dieu, et non des planettes » cette ruine d'une république qui tient avec les Turcs plus qu'avec les Chrétiens. Cette catastrophe n'est que trop méritée. Pour raconter tous les méfaits d'une politique astucieuse, cruelle, cyniquement mercantile, la prose poétique n'est plus de mise : il y faut un style âpre, violent, à l'emporte-pièce et qui risque même de frapper fort plutôt que juste. » Plaise aux lecteurs supporter benignement la grosse tornure du langaige peu elegant : car iay plus eu de regard à ce que la narration historiale soit garnie de verité, que coulourée de fleurs de rethoricque. » (1)

Lemaire termine par une *ballade double* où il montre Priam, bien vengé d'Anténor, de celui que Dante appelle le traître. Tandis que la Légende paraissait à Lyon, on en imprimait une sorte de paraphrase flamande à Anvers : *Venegien oft es de cause daer ôme dattet geschil rijst tusschen den Venetianen en den Roomschen Keyser en den Coninck van Vranckrijck ghenarreert.* La même année encore Pierre Gringoire, soutenait les mêmes idées de politique myope dans l'*Entreprise de Venise.* A cette occasion, on vit paraître les premières feuilles volantes destinées à annoncer les événements politiques. La Bibliothèque Nationale de Paris conserve un de ces bulletins primitifs : « C'est la très noble victoire du roy Louis XIIᵉ de ce nom, quil a heue moyennant laide de Dieu sur les Véniciens. » (2)

Bientôt le poète de Bavay devait passer formellement au service du roi de France. Ce ne fut pas une rupture avec la Belgique comme on le vit pour Comines. La chose se fit d'une façon

(1) V. Les Lamentacions de Venise. (Catalogue de la Bibliothèque Rothschild, nº 569). Cf. Triumphe du treschrestien Roy de France Louis XIIᵉ de ce nom, contenant l'origine et la déclination des Veniciens avec larmée dud. Roy et celle des ditz Veniciens. (Lyon, Claude daoust, autrement dict de Troys, le XIIIJᵉ jour du mois de nov. 1509 (— in-4º gothique). OEuvre de Symphorien Champier. — Le catalogue Rothschild signale encore d'autres pièces, telles que nº 2109 : Lettres envoyées à Paris de par le Roy en sa Court de Parlement, etc. « C'est la très noble et tresexcellente victoire du Roy sur les Veniciens (Lyon, 1509).

(2) Jacob Burckhardt, La civilisation en Italie au temps de la Renaissance,trad. Schmidt (1885), dit que la ligue de Cambrai réussit à affaiblir un Etat que l'Italie aurait dù soutenir de toutes ses forces réunies. Daru, Hist. de Venise, V, 6 (éd. Bruxelles) va jusqu'à donner tort à Louis XII.

presque inconsciente, et non sans une grande indulgence de la part de Marguerite. D'autre part, Louis XII n'appela pas officiellement Lemaire parmi ses polémistes, les d'Auton, les Gringoire, les Robertet, les Seyssel, les Gaguin, les St Gelais, etc. Ce fut Perréal, l'ami de Lyon, peintre du roi, mais pensionnaire de la douairière de Savoie, qui fit faire le grand pas.

Jules II, plus italien que pontife, s'était brouillé avec ses alliés de Cambrai. Le trop fougueux successeur de St Pierre ne s'occupait que du pouvoir temporel. et se proclamait *Cesar* autant que *Pontifex Maximus*, tout en jetant son cri de guerre : *Fuori i Barbari !* De son côté, Louis XII, malgré les inquiétudes religieuses d'Anne de Bretagne, voulait avec Maximilien préparer un grand concile à Pise pour faire déposer le pape. (1) La querelle s'exaspérant de jour en jour, on ne parlait plus que de réformes radicales dans la république chrétienne. Une sorte de tragi-comédie se jouait aussi entre les princes qui prétendaient, après l'épuration de l'Eglise , réaliser enfin la croisade suprême, tant de fois promise contre les Turcs. On citait même un exergue équivoque de Louis XII : *Perdam Babylonis nomen !* Etait-ce contre Babylone d'Égypte ? Etait-ce contre Babylone d'Italie ? (2) On guettait en outre dans le *Liber pontificalis* les expressions impériales succédant à *Sedes apostolica*, à *respublica Romanorum*. (3)

(1) Zeller, Italie et Renaissance, II.

(2) Prodromi reformationis pia memoria recolendae sive nummi Ludovici XII regis Gallorum epigraphe : *Perdam Babylonis nomen.....* contra Joh. Harduinum a Chr. Sigism. Liebe, Lipsiae, 1717. Cf. *Julius*, Jules II à la porte du Paradis, dialogue attribué a Erasme, à Fauste Andrelini et à Ulrich von Hütten, trad. Thion. Paris, 1875.

(3) E. Lavisse, Fondation du Saint-Empire romain (Revue des 2 mondes, 15 mai 1888.

XVII.

Parut alors, parmi les pamphlets les plus audacieux, le *Traictié de la différence des Scismes et des Concilles de l'Eglise et de la preeminence et utilité des Concilles de la saincte eglise gallicane.* Sorti des presses d'Estienne Baland de Lyon (1511) il fut rapidement reproduit par presque tous les imprimeurs de Paris, reçut quelquefois le titre trompeur de *Promptuaire*, et fut en outre divulgué à toute l'Europe par les traditions les plus diverses.

« Dont procede tel hardiment à ma petitesse, demande l'auteur dans son hommage au roi ? C'est qu'un de vos bons serviteurs et varlets de chambre ordinaire, ajoute-t-il, m'a donné l'assurance que le labeur d'un *moindre estranger* ne serait pas dédaigné. » Puis, comme pour sa propre satisfaction, il déclare qu'en ce faisant, il désire voir le roi « en concorde et fraternité des aultres princes chrestiens. » N'est-ce pas l'écho du prologue du 1er livre des Illustrations qui venait de paraître dans la même ville ?

Ici il y a deux prologues ; car on procède avec une solemnité digne d'un fécial ou d'un héraut d'armes. Terrible est la guerre qu'on proclame ; le manifeste ne saurait être trop explicite. Il faut près de cent-cinquante pages, pour « nottiffier à la

gent populaire, mesmement *(surtout)* quand lestat de la guerre
est scandaleux, estrange et non accoustumé. » (1)

Tout en se prétendant bon catholique, Lemaire commence
par établir que les XXIV schismes sont dérivés d'une *prétendue*
donation de Constantin. Il ne s'écrie pas avec Dante (Inferno
XIX) : « Ah ! Constantin ! de quels maux fut la source, non
ta conversion, mais la dot que reçut de toi le premier pape
opulent ! » Il va plus loin : il allègue « raisons presque invinci-
bles » de Laurent Valla, chanoine de St Jean de Latran, secrétaire
apostolique et qui publia à Rome même en 1443 une *Declama-
tio de falso credita et ementita Constantini donatione.* En tout
cas, dit-il, « friandes et blandissantes sont les richesses tem-
porelles. » Les tribulations de l'Église viennent surtout de
l'ambition et de l'avarice des papes. « L'eglise ha esté depravee
par opulence de richesses », telle est la conclusion de la première partie.

Dans la seconde, il montre d'abord Clovis et Charlemagne
ordonnant des conciles gallicans. C'est Platina qu'il suit, le
bibliothécaire du Vatican, ami de Bassarion, de Pie II, de Pom-
ponius Lœtus, des humanistes et des académistes, mais principalement connu par l'allure franche de son histoire des papes.
Était-ce à Rome ? Était-ce à l'université de Dôle qu'il avait
appris à distinguer cet ouvrage ?

Il aime à s'arrêter sur le concile de Clermont qui décida la
croisade de Godefroi de Bouillon. En prodiguant sa période

(1) H. Martin, Hist. de France, VII, 394 : « La plupart des historiens n'ont point accordé à ce pamphlet l'attention qu'il mérite.
Sismondi ne le cite même pas. P. Lacroix, le bibliophile, l'analyse
avec son exactitude ordinaire dans son *Hist. de France au
XVIe s.* (tom. IV, 289-293). »

cadencée à reproduire la harangue d'Urbain II, il s'arrête à
développer les raisons des *Complaintes d'Outremer* de Quesnes
de Béthune, de Rutebeuf et de Maerlant. Plus loin, la dime
saladine de Philippe-Auguste l'intéresse vivement. L'intérêt
est autrement vif dès qu'il place Philippe-le-Bel devant « le
pape arrogant et tyrant des prestres, Boniface huitiesme. »
On reconnaît ici la pression de la cour de Blois et des gallicans
de Fourvière. Encore mieux la reconnaît-on quand il cite
« un vieil livre de la librairie de labbaye d'Esnay à Lyon »
où il est question des prêtres mariés. Sous la même influence,
il n'a garde d'oublier Pétrarque traitant Avignon de Babylone
avide et *meretrice*, ni le concile de Bourges pour la Pragmatique
Sanction « qui est toute la moule et substance des saints canons
du concile de Basle. » Aussi vante-t-il le Parlement et l'Université de Paris qui défendent contre Louis XI cette barrière
« à lavarice insatiable de la court Rommaine. » Une autre
barrière qu'il rappelle, c'est l'obligation d'un concile général à
réunir tous les dix ans « selon les constitutions et decretz
synodaux. » Il ne parlera pas du concile récent de Lyon, parce
qu'il n'a « aulcune charge d'en escrire. » La conclusion de
cette histoire ecclésiastique, c'est que les princes doivent rester
unis « pour la reformation des abus de leglise rommaine » qui
doit précéder la croisade définitive. Il semble dire avec le
comte palatin Evroïn de Cambrai (1) : « La guerre a trop duré

(1) La geste de Gérard de Roussillon, p. 66, éd. P. Meyer. —
« Et cependant, dit H. Martin VII, 81, la cour de Rome nourrissait
toujours l'espoir ou du moins le désir de réunir la chrétienté
contre le Turc. » — Ce thème de Lemaire était, en 1376, celui de
Catherine de Sienne, contre les Turcs qui menaçaient Rhodes. —
Et en 1614 encore, le père Joseph, la future *Éminence grise*, tra-
vaillait ténébreusement à une chimère de croisade qui ne pouvait
aboutir.

entre nous. Si nous unissions nos forces pour faire la guerre aux Sarrasins, je crois qu'on en aurait bientôt fini avec eux. »

L'auteur du *Traictié* a préparé les conclusions de la troisième et dernière partie par quelques railleries semées de ci de là, par exemple, quand il parle de Dioclétien qui se faisait adorer comme Dieu, et baiser les pieds « comme font les papes modernes. » (III, 250). Il faut se hâter de réformer, puisque la réforme a été « de longtemps prognostiquee et prophetisee par les Sibylles » surtout à l'approche du très redoutable vingt-quatrième schisme « prochain advenir. » Il ne sait pourtant pas que dès 1510 Luther vint à Rome !.... (1)

Reprenant l'histoire des Schismes, sans oublier ni la légende de la papesse Jeanne, ni les scandales suscités par les anti-papes, dont plus d'un « sestoit donné au diable » il décrit les fréquentes séditions populaires de Rome. La vénalité des offices les plus augustes, les désordres amenés par Guelfes et Gibelins, l'insolence des hérésiarques, tout a contribué pour amener finalement les horribles contingences prévues par Astrologues et Mathématiciens. Une réserve pourtant est introduite à propos de ces vaticinations : « Y donner foy, autant que mere Saincte-Eglise le permet. »

---

(1) Lenient, La Satire au XVIe siècle, I, 272 : « Le belge Jean le Maire dénonçait à la chrétienté le pontife dont l'ambition menaçait de faire naître un nouveau schisme. Ces recours des pouvoirs à l'opinion par la voix de la presse deviennent plus fréquents de jour en jour. Chaque roi a sa cohorte de pamphlé-taires toujours prêts à ferrailler : « légistes retors, chroniqueurs gagés, valets de chambre officieux, poètes affamés, érudits sen-sibles aux pensions, etc. » Mais faut-il compter ici Érasme, bien qu'on lui attribue le pamphlet *De Julio coelis excluso* (février 1509) ?

En manière de conclusion générale de tout le *Traictié*, vient une page violente traduite « de mot à mot » du livre *De exilio* d'Alain Chartier. Celui-ci déplore le célibat des prêtres : « un nouvel statut en leglise latine, qui desseura lordre du saint mariage davec la dignité de prestrise, soubz couleur de pureté et chasteté sans souillure. Maintenant court le statut de concubinage, au contraire… » (1) Puis il décrit « la desordonnance auaricieuse des prestres. »

« Que apporte la constitution de non marier les prestres, sinon tourner et euiter legitime generation, pour convertir en aduoutrerie, et l'honneste cohabitation dune seule espouse en multiplication deschaudee luxure ? » Alain Chartier voit dans ces horreurs la prochaine « venue dAntechrist. » Lemaire se prévaut de ces lignes qu'il traduit pour résumer son pamphlet. Trois choses ont « gasté Leglise : cestassavoir, Ambition mère davarice : Obmission des Conciles generaux : et interdiction de mariage legitime aux prestres de leglise Latine. »

Tout le monde doit donc prier Dieu « quil vueille reformer et renouveller son Eglise, tant au chef comme aux membres, par un tres bon et tres grand concille universel de Leglise catholique. » Alors les princes, en pleine union et concorde, pourront abattre la secte des Mahomethistes.

Voilà donc la « *grande différence* » expliquée. Les Schismes qui détruisent tout viennent du mauvais gouvernement des papes, tandis que les rois s'efforcent de ramener l'ordre et la paix en provoquant de fréquents conciles. (2)

(1) V. De continentia sacerdotum, sub hac questione utrum papa possit cum sacerdote dispensare ut nubat. Impressum oppido Nurmbergensis, per dom. J. Weyssenburger, presbyterum. 1510. in-4º goth.).

(2) H. Baumgarten, Gesch. Karls V, II, 2º (1888) dit que la menace

Pour mieux défendre la cause de Louis XII, on imagina un étrange épilogue au *Traictié* qui lui-même ne manquait pas déjà de bizarrerie. C'était là sans doute ce que Rabelais (II, 30) indiquait par ces mots : « Je vis maistre Jehan Lemaire, qui contrefaisoit du pape... » Cette *dernière petite particule* qui devait « conclure toute leuvre » était intitulée : « Sensuit loccasion et matière du recent et nouueau saufconduit donné de plein vouloir par le Souldan, aux subjetz du Roy treschrestien, tant pour aller en pelerinage au saint Sepulchre, comme trafficquer marchandement en ses terres et seigneuries Doultremer. »

On y vantait la Soudan Abymazar Causer, Elgaury, roy des Egyptiens, Arabes et Agariens (1). Furieux d'abord de la victoire des Chevaliers de Rhodes au port de Jaffa (21 août 1510), il avait fini par « se moderer et refrener. » Le consul de la nation française, Philippe de Parées obtint même pour le roi « le domaine et gouvernement du saint Sepulchre. » Un saufconduit du Soudan, apporté à Lyon par un chrétien de Raguse, y fut publié à son de trompe, « durant le temps de ceste foire de Pasques au moys de May, lan 1511 » en présence de l'ambassadeur du Soudan et de Montjoie, souverain roi d'armes de France. Jamais termes plus pompeux n'avaient célébré la poli-

d'un concile, de la part de Charles-Quint, ne fut qu'une manœuvre pour intimider Clément VII. Au fond, l'empereur ne songeait sérieusement ni à la réforme de l'Eglise, ni à la convocation d'un Concile général. Cf. d'Héricault, préface du 1er tome, pp. XLIII-LII, des Œuvres de Gringore (Bibliothèque Elzévirienne).

(1) C'était le sultan Malek el Achrof Aboul-nasr, Saïf-eddin, Quansou el Ghoury, qui régna en Egypte de 1501 à 1516. Quant aux Agariens ou *Hagareni*, on sait que c'est le nom byzantin des Sarrasins. On sait aussi que *Soudan*, forme provençale du mot *Sultan*, prévalut jadis pour les souverains d'Egypte.

tique gallicane. On eût dit aussi que le Soudan avait signé le traité de Cambrai, tant il acablait ses anciens amis de Venise.

« Grand merveilles differentes, s'écriait Lemaire, voyons nous en nostre temps. Voila le Soudan qui se monstre tant gracieux et tant benevole, et le Pape, au contraire, maudit et excommunie à tort et par grand ingratitude. Le chef de la loy Mahometiste ne demande que paix, et le Primat souverain de nostre eglise, se treuve tant rigoureux et tant mal traitable, quil ne se veult de porter ny abstenir des armes, et deffusion de sang humain. » C'était le thème dramatisé à Paris par P. Gringoire, en sa moralité de l'*Homme obstiné* et même en sa sotie du mardi-gras. On prêtait à Jules II cette devise : *Claves Petri nil juvant, valeat S. P. gladius !*

Ne tenant pas à paraître trop inféodé à la politique française, le naïf Lemaire (qu'on ne croirait guère contemporain de Machiavel, d'Erasme et de tant d'autres habiles) (1) s'imaginait tout conjurer en invoquant à la fin de ce pamphlet son premier maître Maximilien. « L'empereur, disait-il, (comme iay faict mention en un aultre traictié) ne desire fors entretenir la sainte ligue et confederation iurée (par la paix de Cambray) avec ses freres, les aultres roys Chrestiens, pour se bender contre les Turcz. » Que si Jules II aime tant la guerre, le pamphlétaire souhaite qu'il la porte en Palestine « et là se transporter en personne, comme bon pasteur. Et lors le suiuront ses ouailles de toute part. » (2).

(1) V. Emile Amiel, Erasme, un libre-penseur du XVIe siècle. (Paris, 1889).
(2) Ce violent Jules II, qui faisait tout trembler, ne se déridait que pour Michel-Ange. C'était un cas d'anathème que de lui enlever son sculpteur. (Paul de St Victor, Hommes et Dieux, p. 170).

Lemaire eut beau s'évertuer ; ce poète égaré dans la polémique la plus haineuse, ne se retrouvait pas, ne parvenait pas
à se déprendre. Pour comble d'ennui, ses succès littéraires lui
avaient fait des envieux qui se soulageaient par la calomnie.
« Monsieur, écrit-il à Loys Barangier (1), touchant ce quil
vous plait madvertir de ce quil a été rapporté à Madame que
iay deu avoir escript quelque chose contre elle, et que à Paris
len le trouve publicquement par escript, de ce ie nen suis
guieres esbahy ; car ce nest pas la première coquille que on ma
dressee envers son Excellence,...... Maistre Jehan de Paris
mha dit : quand les chiens ne pevent mordre, ils se saoulent à
aboyer ». Mais tant mha fortune Lestourné, transporté, ramené
et pelotté que ie ne scay comment suis peu eschapper. » On
songe à Montaigne « pelaudé à toutes mains, mais pour d'autres
raisons. »

Et à Marguerite même l'indiciaire écrivait : « Madame,
iestime que vostre haulte vertu a cogneu le contraire des faulx
rapports qui vous ont esté faits contre mon innocence.... » (**2**)

« Le pauvre rêveur fut bien plus accablé lorsqu'il voulut
agir comme *soliiciteur*, *moyenneur*, ou intendant de la duchesse.
pour les contrats qu'exigeaient les constructions de la célèbre
église votive de Brou-en-Bresse. Malgré sa grande habitude de
vivre avec les artistes (3), il ne put ménager toutes les suscep-
tibilités. Celle de Perréal, de ce Jehan de Paris qui l'avait tant
prôné autrefois, s'oublia jusqu'aux plus grossières injures. En

(1) V. notre tom. IV p. 419.
(2) P. 424 l. c.
(3) V. presque tous ses écrits, sauf ceux de la polémique gallicane.

France comme ailleurs, on a dû reconnaître, par la correspondance échangée, (1) que les torts étaient du côté du peintre français. Il avait notamment voulu contester à Lemaire sa trouvaille d'un très bel albâtre aux carrières de St Lothain près de Poligny. En outre, il y avait rivalité de fonctions, depuis que Perréal avait été nommé *contrerolleur de lesglise de Brou.* Ce titre lui fût enlevé bientôt par Marguerite, fatiguée de ses récriminations incessantes ; elle le transmit au Greffier de Bourg-en-Bresse, en même temps qu'elle appelait de Bruxelles l'architecte Louis Van Bodeghem ou Boeghem (2).

C'était, semblait-il, le triomphe du gothique fleuri et flamand ; mais on est bien d'accord aujourd'hui pour reconnaître dans cette luxuriante architecture un compromis avec la Renaissance. N'était-ce pas tout l'esprit du temps ? « Il semble, dit Taine (Philosophie de l'art, p. 95) qu'on renonce à la solidité pour se donner tout entier à l'ornement par la profusion des clochers et la dentelle des moulures. » Pour W. Lübke (3) c'est un art piquant, mais étrange, où la forme antique fusionne avec la forme gothique. Néanmoins, à cette époque de lutte entre l'architecture italienne qui s'impose et l'ogivale qui résiste,

(1) V. surtout p. 390. On a cherché plusieurs fois à débrouiller ces querelles si compliquées, V. Bancel, Perréal (1885); Dufay. Essai biographique sur Perréal (1864) ; Renouvier, Jehan de Paris (1861) ; Charvet, Biographies d'architectes (1874) ; Jules Baux, Hist. de l'église de Brou (4° éd. 1865); Rousselet, Guide descriptif, etc. 1857 (7e édit.) ; Charavay, Revue des documents historiques, III ; un tiré-à-part de L'*Emulation de l'Ain.* (Observations sur la correspondance de J. Perréal avec Marguerite d'Autriche concernant l'église de Brou, par Dufay (Bourg-en-Bresse, 1853). — Didron, Monographie de 1846.

(2) V. Biographie Nationale II, 560.

(3) Essai d'histoire de l'Art, trad. Koëlla, II, 122, 285, 552 (éd. de 1887.

N. D. de Brou représenta, à quelques détails près, le plus pur style flamboyant. « Pour l'architecte J. Baux, dans cette ornementation éblouissante, le moindre détail est un symbole de la foi conjugale de Marguerite.

On conçoit que Lemaire, qui devait préférer la Renaissance, ne put s'entendre avec son compatriote flamand. Il était d'ailleurs tracassé, même pour les payements dûment ordonnancés ; on sait que Marguerite eut souvent des embarras de finances. Peut-être aussi, le poëte n'était-il pas un comptable bien exact. Qu'on ajoute à ces complications ses fréquents voyages à Lyon, à Tours, à Blois, où l'attiraient des amitiés artistiques, littéraires et même princières, et l'on ne s'étonnera pas de le voir dès avril 1512, renoncer à son titre d'Indiciaire et de Bibliothécaire de la Gouvernante des Pays-Bas. Une situation si tendue ne pouvait se prolonger. (1).

A Blois « au iardin du Roy » et non loin de la *librairie* où Louis XII avait fait ranger plus d'un livre savant conquis en Italie, Lemaire avec Jean d'Auton, Jean Marot (2) et tous les

____

(1) Dans une lettre adressée de Bourg à Marguerite, le 20 nov. 1510 (notre t. IV, p. 406) Lemaire se plaint des moines de Brou voisins de l'église votive qui lui refusent le logement et qui sont « par trop curieux et bons maisnaigiers. Pleust à Dieu quilz le fussent autant en deuotion contemplative ! » La lettre, assez longue, est tout à fait curieuse. Il semble aussi intéressant de remarquer que Perréal (dans un mémoire justificatif adressé de Lyon le 4 janvier 1511 à Louis Barangier, alors à Bourg) conseille du marbre blanc de Gênes et du marbre noir *prins au Liège*. Cf. IV, 425, une lettre où Lemaire demande à Marguerite de pouvoir, malgré son séjour *au fin fons de Bretaigne*, visiter une fois l'an les travaux de Brou.

(2) J. Marot vint à la foire d'Anvers..... On disait de la libérale Anne « royaume de Fémenye qui protège les littérez. » etc. (D'Héricault, préface des œuvres de Cl. Marot, p. XXI). — Cf. G. Guiffrey, Poème inédit de J. Marot, Paris 1860.

poètes qui formaient la cour d'Anne de Bretagne, se consolait de toutes les misères qu'on lui avait suscitées. Sa veine poétique se prodiguait en mille grâces pour sa généreuse patronne. Nommé varlet de chambre et historiographe de celle qui fut « deux fois royne » il imagina la plus grande variété de rythmes et de rimes entrelacées pour célébrer, comme ses émules, la convalescence de la reine de France. « Ce sont les XXIII couplets de la valitude et convalescence de la Royne chrestienne. »

Quelques mois auparavant, il avait dédié à son époux « L'Epistre du roy à Hector de Troye. » Ce nom d'Hector n'est pas pour surprendre ici : ne le trouve-t-on pas aussi souvent que celui de Roland dans l'histoire de Bayard par le Loyal Serviteur ? C'est, au surplus une « épistre responsive à celle que Monseigneur Reverend Prelat, l'abbé d'Angle en Poitou, Dom Iean Danton, chronicqueur du roy treschrestien Loys douziesme. naguères envoya audit seigneur, de la part d'Hector de Troye. « On y retrouve plus d'une allusion aux *Illustrations* qui s'achevaient alors, et notamment aux écrits de la littérature militante. On va même jusqu'à opposer Trajan à Jules II :

> Que pleust à Dieu, qu'eussions or un tel Pape
> Qui fust content de sa mitre et sa chappe,
> Sans armes prendre, et soy tant deguiser !

XIX.

A Blois, dit Brantome, Anne fonda la cour des dames, où fut élevée Marguerite d'Angoulème, la sœur de François 1ᵉʳ. C'est là aussi qu'apparaît le néologisme gréco-latin en même temps que le goût des lectures non pas sévères, mais sérieuses « au doux recueil, au gracieux parler. » Pierre de St Julien, en ses *Antiquités de Macon*, vante la sévérité qui régnait autour de la reine. Louis XII lui-même redoutait « sa bretonne. » Michelet parle de la fameuse terrasse où les gardes bretons restaient sournoisement en groupe dans un coin isolé. (VII, 136). « La Perche aux Bretons. » comme on disait. (1)

C'est à Blois, sans doute, que le poète belge, alors dans toute la fluidité de sa veine, enseigna à Clément Marot ce qu'il relate en la préface de son *Adolescence clementine* (2) : «... mesmement par les couppes femenines que je n'observois encore alors, dont Jean Lemaire de Belges (en les m'aprenant) me reprint. » La préface date de 1532 et se rapporte à des souvenirs de 1512, quand la jeune Clément avait quinze ans. Certes, à cette époque, Lemaire avait une versification magistrale ; moins que jamais il se permettait la césure épique, comme en ce vers

Loys douziesme du Francigène throsne.

(1) Biblioth. de l'école des Chartes. t. 1ᵉʳ, 3ᵉ série (1849).
(2) Tom. IV, 189 (éd. Jannet). Cf. la thèse allemande de M. Wilhelm Heune : *Die Cäsur im Mittelfranzösischen* (Université de Greifswald, 1886).

Mais est-il bien l'inventeur de cette loi d'élision ? Estienne
Pasquier (VII, 5) affirme qu'il fut le premier « qui enseigna de
ne faillir en la coupe féminine au milieu d'un vers ». Tobler
cependant hésite (1), Paul Meyer va jusqu'à reporter cette
observance au XII⁰ siècle, malgré les arguments contraires
de Mussafia et de Talbert.

Quelque parti qu'on prenne, n'est-il pas certain que Lemaire
a l'instinct des vraies beautés de ce vers français que la Pléiade
allait préparer pour Malherbe ? Sibilet dont l'*Art poétique francois* est de 1548 invoque encore de préférence cette autorité (2).
C'est que Marot, son maître préféré a écrit :

> ..... Jean Lemaire Belgeois
> Qui eut l'esprit d'Homère le Gregeois.

Cetre poésie Marotine, comme disait Estienne Dolet et, sans
doute, d'autres membres de l'Académie de Fourvière à laquelle
appartenait Clément, profita à merveille des efforts de Lemaire.
« Celui que tu aimais tant, dit Jehan à son fils, en la Complainte
Preudhomme (éd. Jannet, II, 270) :

> Ton Jehan Lemaire, entre eulx hault colloqué
> Et moy ton père.....

Clément, à son tour, dans l'épigramme à Hugues Salel, (III,

(1) Le vers français ancien et moderne, p. 109, trad. franç. Paris
1885. — Mussafia, Zeitschrift. f. roman. philol. I, 78. — P. Meyer,
préface du *Brun de le Montagne* (1875). — Talbert, Lettres chrétiennes (juillet-août 1880). — Johannesson, Die bestrebungen Mal-
herbes auf dem gebiete des poetischen Technik in Franckreich.
Diss. Halle 1881.

(2) G. Pellissier De sexti decimi sœculi in Francia Artibus
poeticis (Paris, 1882). Cf. H. Zschalig, *Die Verslehren von Fabri,
Dupont und Sibilet.* Lipz. 1884.

71) quercinois comme lui, part de Jean de Meung pour aboutir à Jehan de Belges, dont :

Ceulx de Hainault chantent à pleines gorges.

Il aimait en son maître ce naturel gaulois qui se rencontrait moins dans sa prose ambitieuse. Comme lui il préludait aussi à la régulière succession des rimes qui ne sera toutefois définitive qu'avec un autre disciple, l'élégant Ronsard (1).

(1) L. Quicherat, Traité de versification Française p. 439. — Jean Bouchet cite, pour ces réformes, « Georges (Chastelain) Castel, J. Lemaire et aultres irreprehensibles orateurs belgiques. »

XX.

On a perdu beaucoup de poésies de Lemaire ; il les semait un peu partout, au gré de sa fantaisie vagabonde. Peut-être en reste-t-il quelques-unes dans le groupe des *poésies attribuées* (1), bien que la facture en soit généralement assez négligée. Si elles datent de son séjour à la cour de Blois, elles forment un criant contraste avec des productions qu'on rapporte à l'an 1520, par exemple : *Les trois contes intitulez de Cupido et d'Atropos*. Le tout, dit l'auteur, » ha esté fondé à fin de retirer les gens de folles amours ». Lyon a dû lui faire voir de près les désordres qu'il décrit (2). Il commence par en retracer l'origine d'après une assez piètre invention du trop spirituel protégé du cardinal Ascanio Sforza et de Cesar Borgia, le chanteur improvisateur Seraphino Aquilano (3). Atropos et Cupido, se rencontrant à la taverne, ont échangé leurs arcs. L'aventure fut reproduite en prose par Francois

(1) V. notre tom. IV, pp. 339-370.
(2) On a même voulu lui attribuer *Le triumphe de haulte et puissante dame V....*, bien que la première édition de cette espèce de montre ou mascarade soit de 1539 (Lyon, François Juste). M. de Montaiglon, éditeur d'une réimpression (Paris, 1874) songe plutôt à Rabelais. Quant à Lemaire, il ne vivait plus, puisque un livre de 1526, porte : « plusieurs œuvre en rhetorique de feux maistres J. Lemaire, Molinet, etc. »
(3) Auteur trop vanté de *Sonetti, Egloghe, Epistole, Capitoli, Disparate, Strambotti, Barzalette* (Rome et Venise 1502) M. E. Picot (catal. Rothschild n° 487) prétend que ce conte ne se trouve nulle part dans les œuvres du poète des Abruzzes.

Habert « le banny de Liesse » sous le titre : Combat de Cupido
et de la Mort (1541).

Le premier conte, en tercets à l'italienne, dépasse pour
l'aisance marotine, la souplesse du rythme et la richesse de la
rime, les meilleurs passages de la *Concorde des deux langaiges*.
On dirait déjà l'école de François 1er. Les deux autres contes,
seuls revendiqués pour Lemaire, malgré la monotonie des
distiques à rime plate, témoignent également d'une notable per-
fection de style. C'est, avec la facilité un peu profuse de Crestien
de Troyes, une véritable ampleur périodique dans les dixains
substitués à l'ancien octosyllabe des conteurs. Quelques tableaux
un peu hardis, à la façon de ce que le poète belge avait vu
chez les peintres italiens, sont sauvés par la grâce de la diction.
Elle s'appesantit pourtant, par intervalles, en s'attardant aux
énumérations trop complaisantes. L'honnête Paquot en cite
trente vers qui lui semblent une contribution « à lhistoire
médicinale » :

> *Pocken* lont dit les Flamens et Picards :
> Le mal francoys la nomment les Lombards. (1).

— Au « tiers conte » ou l'on décrit une sorte de parlement
tenu à Tours le 1re septembre 1520, la désinvolture bien française indique un précurseur de Marot. C'est visible jusqu'en la
savante adaptation de la Vénus de l'Enéide. Mercure aussi est
bien moderne à se moquer des amours séniles :

> Pour le present ie ny vois nul secours
> C'est dit commun, qu'il faut que l'eaue ayt cours.

(1) V. notre t. III, p. 54. S. Champier traite ce sujet dans sa
Practica nova aggregatoris lugdunensis. V. le calembour de
Lafontaine, Fables VII, 15.

On trouve comme un écho de ces querelles dans les vers délicieux de la Psyché de Molière (V, 4) :

O Mort, devais-tu prendre un dard si criminel ?

C'est pour de tels progrès que Ste Beuve a pu dire que Lemaire méritait d'avoir Marot pour élève (Tableau de le poésie francaise au XVIe siècle, p. 19).

Après ces jolis vers des *Trois contes*, on ne trouve plus rien de certain sur Lemaire. Fut-il absorbé par des recherches sur l'histoire de Bretagne que la reine Anne lui avait commandées et dont il parle dans une lettre à Marguerite ? (1) Put-il les continuer après la mort de la reine dont il se disait « tres-humble indiciaire et historiographe » ? (1514). Lorsque cinq mois plus tard (18 mai) Claude épousait Françoise d'Angoulème, fit-il encore des épithalames ? Elle n'était pas encore reine par la mort de son père (1er janvier 1515), quand il lui dédia un *Traictié des pompes funèbres* où, à l'instar de Symphorien Champier et des amis de Fourvière, il déployait un faste d'érudition naïve encore bien embrumée.

« Loin d'être une époque d'imagination créatrice, dit M. Gaston Paris, comme on l'a souvent répété, le moyen âge, sauf quelques domaines assez restreints, n'a fait que croire passivement et répéter avec plus ou moins d'intelligence et de fidélité ce qui lui était transmis par l'antiquité chrétienne. C'est le monde *ancien* qui l'a réveillé. »

(1) « La royne m'a commandé compiler les croniques de sa maison de Bretaigne et pour ce faire menvoye expressement par tout le pays de Bretaigne, afin que ie m'enquierre par les vieilles abbayes et maisons antiques de toute lhistoire britannicque, laquelle encoire, n'a esté mise en lumière entièrement iusques à ores que ie lay entreprinse. » (Notre t. IV, 421). Perréal (Lettre à Marguerite, IV, 390) prétend que Lemaire « sen est alé demourer en Bretaigne pour ce que chascun le note. »   VI

Mais ce réveil fut lent : il y fallut plus d'un siècle. A travers la clarté douteuse de l'aube qui se prolonge, on aperçoit des lueurs de bon augure. Toutefois la Pléiade elle-même ne fera encore qu'annoncer la radiance du haut jour qui doit éclater sous Louis XIV.

En attendant, on disait avec Lemaire *fac et spera*, ou bien encore : *de peu assez.* A chaque jour suffit sa peine, même quand on a l'ambition des novateurs. Ronsard, à leur tête, prenait plus d'un de ses oracles dans l'*Illustration des Gaules.* Claude Binet, son éditeur, son ami intime, ne nous révèle-t-il pas que l'auteur de la *Franciade* « ne laissoit davoir toujours en main principalement Jean le Maire de Belges ? »

Aussi, le nouveau conquérant de l'épopée se croit-il, sans jactance, « fondé et appuyé sur nos vieilles Annales » (*Au lecteur...*) Selon Pasquier, le poète de Bavay lui aurait même fourni « de riches traicts pour ses belles hymnes. » Un autre ami de la Pléiade, Dubellay vante surtout en lui ce qu'on appellerait aujourd'hui la trouvaille des vocables rares. N'était-il pas de cette cour de la Bretonne qui, avant François 1er et mieux Louis XII, poussait au rajeunissement de la langue francaise, au risque de mainte combinaison pédantesque ? (1) Est-ce cela que Montaigne raillait pour « ceux qui se gorgiasent en la nouvelleté ? » Cela s'appellerait aujourd'hui *l'écriture artiste.*

(1) La Nouvelle revue, I, 513 (1889) ; article de M. Hector de la Ferrière sur la Biblioth. Imp. de St Pétersbourg. Parmi les beaux manuscrits à miniatures, il cite : Epistres en vers francoys composez par les poëtes royaux de Louis XII et d'Anne de Bretaigne. — Cependant le Catalogue Rothschild n° 1773 porte : Sensuyvent les facecies de Pogge translatees de latin en francoys qui traictent de plusieurs choses nouvelles morales, par G. Tardif de Puy-en-Velay (pour le divertissement de Charles VII et d'Anne de Bretagne !)

XXI.

Le besoin de doter la jeune littérature de genres supérieurs, conformes à l'esprit de l'antiquité classique, voilà ce qui, voulue ou non, fit la prépondérance de Lemaire. On semblait lui savoir gré de sacrifier sa gentillesse naturelle, sa grâce gauloise pour la magniloquence romaine. « J'ai connu Rome avant mon pays », pouvait-il dire avec Montaigne (1). Cette majesté dissimulait le ridicule de l'emphase et le vide de la redondance. Les gens de la Pléiade ont unanimement reconnu en lui l'instaurateur de la Renaissance. *In magnis voluisse sat est....*

Etrange destinée! être à la fois le maître de Marot et de Ronsard, et, chemin faisant, essuyer les plaisanteries de Rabelais (2) et d'autres cyniques! Le secret de cette universelle attirance, un fin lettré l'a récemment dévoilé : « L'écrivain le plus remarquable peut-être, et, à coup sûr, le plus étrange de l'époque de Louis XII, l'emphathique et *puissant* J. Lemaire, intéressant pour sa valeur propre et pour avoir eu l'honneur de former notre grand et malheureux Ronsard..... Ce mélange de gravité dans le ton et d'absurdité dans les choses, les perpétuelles surprises d'un style tour à tour *monstrueux et charmant*, plein tantôt de la rhétorique outrageusement pédantesque de

(1) Essais III, 9.
(2) Pantagruel II, 6. Mais le limousin « contrefaisant le langage françois « semble inspiré du *Champfleury* de Geoffroy Tory.

cet écolier limousin dont s'est moqué Rabelais, tantôt des grâces exquises du vieux langage, et toujours *curieusement travaillé*, enfin l'inimaginable pêle-mêle d'un livre où tout est confondu, histoire et poésie, choses profanes et choses sacrées, antiquité et temps modernes, tout cela fait des *Illustrations de Gaule* un volume vraiment amusant, je ne dis pas à lire (ce qui est impossible) mais à feuilleter et à goûter à petites doses. » (1)

Et il donne comme échantillon cette idylle d'Œnone qui semble préparer de loin le récit des amours d'Eucharis et de Télémaque.

« Puissant et pédantesque, avait dit avant lui M. Jolly (2) » mais un styliste qui fait le résumé triomphal de tout ce que le moyen âge avait rêvé sur *Rome la grant*. Son adversaire Rabelais résumait plutôt la tradition des gausseries populaires. L'auteur des *Illustrations*, malgré la folle ampleur de ses développements ou plutôt à cause même de ce défaut, a ensorcelé tout son siècle. Cette prose mi-latine mi-française (3), c'est bien la transition qui s'accuse ; ces vocables ardus, insolites, ce sont bien les accents, la balbutie d'un monde naissant. C'était le *mundus novus*, tout aussi bien que celui qu'on avait retrouvé au-delà de l'Océan (4). C'était avant tout, la veine abondante, disait Jehan Boucher en sa 67e Epistre. Le « traverseur des

(1) Paul Stapfer, Drames et poèmes antiques de Shakespeare, p. 280 (Paris, 1884).

(2) Benoit de Ste More et le roman de Troie ou les métamorphose d'Homère et de l'épopée gréco-latine au moyen âge par A. Jolly. (Mémoire couronné au Concours des Antiquités de France, p. 557. (Paris 1871.)

(3) Cette bigarrure se retrouve dans ses Lettres.

(4) *Mundus novus*. Albericus Vespucius Laurentio Petri de Medicis, 1502 (Nº 1948 du Catalogue Rothschild).

voyes perilleuses » a dû rencontrer plus d'une fois le poète belge à Lyon, le rendez-vous des poètes et des artistes. Geoffroy Tory en 1526 prétendait que Lemaire, sans le dire, « avoit pris la plus grand part de son *bon langage* » dans Pierre de St Cloud, Jehan le Venelais et Gui de Cambrai qui au XIIIe siècle avaient surtout popularisé la légende d'Alexandre le Grand.

XXII.

Tout d'ailleurs le désorientait dans le régime politique qu'on allait inaugurer. Sans ressources, car il n'avait guère songé au lendemain, il se découragea et se laissa aller à certaines faiblesses que dès 1512, de Blois même, Perréal dénonçait sournoisement à Marguerite (1). Dautre part, le désordre de ses publications, les lacunes qui déconcertent dans sa biographie, pourraient faire admettre que la persécution s'acharna sur le pauvre homme de lettres et le perdit sans merci. Dans le silence significatif de l'histoire et des archives, deux passages d'auteurs bien différents sous tous les rapports, nous font entrevoir une triste fin pour une si belle carrière.

Rabelais, d'abord, ne s'est pas contenté de railler ses étymologies et ses néologismes ; il l'a bafoué pour sa polémique gallicane et son trop grand attachement à Crétin-Raminagrobis. (2) « Je vis, dit-il (en 1532 ?) maistre Jehan Lemaire, qui contrefaisoit du pape, et à tout ces pauvres rois et papes de ce monde faisoit baiser ses pieds ; et, en faisant du grobis, (*gros personnage*) leur donnait sa benediction, disant : Gaignez les pardons, coquins, gaignez, ilz sont à bon marché : Je vous

(1) V. notre t. IV, p. 390. Dès 1511, Lemaire écrit à Barangier : « Là où je sens, mon cœur s'adonne du tout. Mais tant m'a fortune bestourné, transporté, ramené et pelotté que je ne sçay comment je suis peu eschapper. »

(2) V. Gargantua, Le chapitre de la généalogie. Pantagruel II, 30.

absouls de pain et de soupe (1), et vous dispense de valoir jamais rien, disant : Messieurs les Cardinaux, depeschez leurs bulles, à chascun un coup de pau (*de pieu*) sus les reins. Ce que fut fait incontinent. »

Ce qu'il y a d'obscur en ces plaisanteries, semble pouvoir s'éclaircir par ce que Paquot a trouvé dans l'*Origine des Bourgognons* de Pierre de St. Julien, fils de l'éditeur de la *Couronne Margaritique* :

« Je scay que Jean Lemaire de Belges, homme de grande lecture, et de très diligent labeur, (2) a tenu ceste dernière opinion (*qu'il est avantageux d'être gallican*) en son Traicté des Scismes et Conciles ; mais comme il est certain que tous hommes doctes et malcontens, quand ils ont esté pauvres, n'ont peu exercer leur revanche, sinon avec la plume, et sur le papier, qui souffre tout : aussy est-il dangereux adjouster foy à telles manières de gens. Et il y a causes trop apparentes (voire sceües quasi d'un chacun) par lesquelles le tesmoignage d'un Platina, Laurens Valla, Jean Lemaire, etc. ne doit estre receu, quand il est question de parler des Papes, ny de tout l'estat ecclésiastique de l'Eglise Romaine. Joinct que (quant à ce qu'est dudit Jean Lemaire) tous ceux qui l'ont privément cognu, sçavent qu'à l'infirmité de sa cervelle, le vin adjousta tant, qu'enfin il mourut fol, et transporté, en un hospital. Et si luy et Agrippa ont esté amys, la parité de condition avoit concilié entre eux ceste amitié : et la fin de l'un et de l'autre a descou-

_____

(1) Travestissement rabelaisien de la formule : Je vous absous de peine et de coulpe. Est-ce que *grobis* ne se rapporterait pas au style emprunté à Crétin ?

(2) Dubellay avait déjà dit : « diligent rechercheur de l'antiquité. »

vert que leur sçavoir avoit esté très-mal envaissellé. » (Pierre
de St Julien, De l'antiquité et origine des Bourgongnons,
liv. II p. 389.)

N'est-ce pas un peu de *l'odium theologicum* d'un chanoine,
ancien ligueur ? L'abbé Pernetti (Recherches pour servir à
l'hist. de Lyon I, 233) dit à propos d'Agrippa protégé par Symphorien Buillard, grand-aumônier de François 1er : « Je serois
tenté de croire qu'Agrippa n'étoit pas si criminel qu'on l'a cru,
puisque ce grand homme le protégeait. » Mais il est certain
qu'il mourut à l'hôpital de Grenoble en 1535, quelques années
après Lemaire, qui, dit Pasquier, florit sous le règne de
Louis XII et vit celui de François 1er. » (1)

Montaigne, dont la phrase tient plus de Sénèque que de
Cicéron (2), ne pardonne au style périodique qu'en faveur de
« la naïveté et pureté de langage » de son ami Jacques Amyot.
C'était pourtant cette phrase oratoire et sonore, tout au rebours
de *l'amputata sententia*, qui dominait le siècle. « La Renaissance, dit Sainte-Beuve, avait remis en honneur les antiques
formes latines oratoires. On retombait dans le style cicéro-
nien : on ne savait plus couper son discours, on oubliait que
les anciens eux-mêmes n'avaient pas eu tous les jours ce style
de pompe et de gravité, et que, dans ses lettres et billets,
Cicéron a le style fort coupé. On ne savait pas secouer le joug
du latinisme. » Au reste, le rythme prosaïque, le *Cursus* des
bulles pontificales n'y avait pas nui. (3) « L'ordonnance de

(1) En 1530, Palsgrave, dans son *Eclaircissement de la langue
françoise* cite constamment Lemaire comme un auteur qui ne
vivait plus.

(2) Cf. Ste Beuve, Port-Royal, 3e éd. II, 518.

(3) Bibliothèque de l'École des Chartes, t. 50 (1889 mai-juin, art.
Duchesne). Sainte-Beuve parle de l'abus des parenthèses, des

belle oraison, qu'attendait Geoffroy Tory, les belles, bonnes
et odoriferantes fleurs de parler et dire honnestement » cela
se recherchait en tout. Le plantureux Rabelais, l'âpre Calvin,
le féroce Montluc, le doux Lanoue, le tolérant Lhospital, le
fougueux La Boëtie, le pratique Palissy, le sensuel Brantôme,
la reine Margot, Henri IV, D'Ossat, Sully, les *Amadis*,
l'*Astrée*, St François de Sales et jusqu'à la très gauloise Satire
Ménippée, sans oublier D'Aubigné et les mémorialistes si nom-
breux, tout le monde se ressentait de « cette brave façon de
dire » que Lemaire mit à la mode et que Balzac affinera jusqu'à la rendre digne de Bossuet.

Si l'ampleur de ces phrases rappelle trop les manches enflées
et tailladées des rhétoriciens flamands et bourguignons d'alors,

allonges, des queues et autres *impedimenta orationis*. Voyez ce
que Cousin dit des longues phrases des dames du grand siècle ;
voyez même le cahier secret de Fouquet (découvert en 1662) où,
malgré ratures et corrections, on lit encore :
« Les connaissances particulières qu'il (Mazarin) a données à un
grand nombre de personnes de sa mauvaise volonté, m'en faisoit
craindre avec raison les effets, puisque le pouvoir absolu qu'il a
sur le roi et la reine lui rendent facile tout ce qu'il veut entreprendre, et considérant que la timidité naturelle qui prédomine
en lui ne lui permettra jamais d'entreprendre de m'éloigner seulement, ce qu'il auroit exécuté déjà s'il n'avoit pas été retenu par
l'appréhension de quelque vigueur en mes frères et en moi, un
bon nombre d'amis, une charge considérable dans le parlement,
des places fortes occupées par nous ou nos proches, et des
alliances assez avantageuses ; ces considérations qui paroissent
fortes d'un côté à me retenir dans le poste où je suis, d'un autre
ne peuvent permettre que j'en sorte sans que l'on tente tout d'un
coup de nous accabler et de nous perdre... Il faut donc craindre
tout et le prévoir, afin que, si je me trouvois hors de la liberté
de m'en pouvoir expliquer, lors on eût recours à ce papier pour y
chercher les remèdes qu'on ne pourroit trouver ailleurs, et que
ceux de mes amis qui auront été avertis d'y avoir recours sachent
qui sont ceux auxquels ils peuvent prendre confiance.

le coloris, l'exubérance même du mouvement suscite le souvenir de ces peintres que Lemaire avait si bien connus et pratiqués. Sous cés draperies trop solennelles, se retrouve aisément la cordialité wallonne qu'il ravive de gentils diminutifs empruntés à l'Italie ou de narquois proverbes tirés du vieux terroir. Malgré ses latinismes obstinés, il demeure fidèle au génie de la langue française ; car sa prolixité demeure claire et n'a rien de la ténébreuse diffusion d'Outre-Rhin. Montaigne qui à la fin du siècle constate combien la langue varie, « escoule touts les iours de nos mains » n'-at-il pas d'abord étudié « cette variation continuelle » dans ce volume de Lemaire que les bibliophiles ont découvert, décoré de la signature du plus ancien des écrivains causeurs ? Avant lui, Amyot trouvait dans le roman de Pâris cette limpide fluidité, cette lenteur déjà douce d'une phrase qui semble finir à regret. « Son style est, en effet, plus chez soy, quand il n'est pas pressé et qu'il roule à son aysc. » Montaigne ajoute (1) le mot si souvent cité : « Nous aultres ignorants estions perdus, si ce livre ne nous eust relevés du bourbier. » Ce que le philosophe disait alors du Plutarque français, qui sait si on ne l'a pas dit, au milieu du siècle, de ces *Illustrations* qu'on réimprimait partout ? Et l'*Astrée*, née dans le Beaujolais, ne doit-elle

---

(1) Essais II, 4. — Certes, Amyot est un écrivain de race et qui figure à bon droit parmi les quatre fondateurs de la prose française ; mais pourquoi méconnaître l'influence de Lemaire, puisque Paul-Louis Courier y indique bien celle des Italiens ? (Lettre à Renouard, p. 297 éd. Didot). Au reste, Lemaire lui-même s'avoue souvent redevable aux Italiens. C'est une ressemblance de plus entre les deux prosateurs.

(2) A. Bernard, *Les Durfé* (Paris, 1839) à propos de la description des bords du Lignon, aurait pu citer l'enchantement de Lafontaine et de Jean Jacques, pour ne citer que les principaux.

rien à cette prose mellifue ? La pastorale troyenne a déjà toute la douceur musicale du roman de Céladon. Étrange, dès lors, l'oubli où tombe cet auteur vénéré par les esprits les plus opposés ! Rien ne nous montre Lemaire prenant place à la cour de Erançois Ier comme put le faire son ami Jehan Marot, après quelques mois d'anxieuse incertitude. Peut-être est-ce la haine de son ancien protecteur J. Perréal, peintre du nouveau roi, qui le poursuivait encore ! Leur correspondance fait entrevoir des conflits d'intérêts de toute nature. Peut-être aussi le pauvre poète, affublé un jour de la livrée des polémistes gallicans, contrariait-il, avec sa maladresse habituelle, ceux qui préparaient le concordat de 1516 (1).

Les rares lettres qu'on a pu retrouver de lui, nous montrent dans un style sincère et nullement *latinisé* comme ses livres, un homme plus enclin au plaisir qu'à la lutte, à la soumission qu'à la résistance, et que facilement on pouvait duper.

Un éditeur de Lyon, Jacques Mareschal annonce encore dans son in-4° de 1524 Lemaire « excellent historien, secrétaire de la royne Anne ». On n'a rien d'assuré, dit Paquot, sur l'époque de sa mort ; quelques-uns la placent en 1548, d'autres en 1524 (2). Trois années plus tard, son disciple Marot, dans sa préface du *Roman de la Rose* vantait le poète que le maître avait appelé

(1) On est tenté d'appliquer au malheureux délaissé la gravure satirique où M. Émile Picot a vu un martyre analogue de Gringoire (P. Gr. et les Comédiens italiens, Paris 1878).

(2) « Un de ceux que nous connaissons le moins aujourd'hui, Lemaire, eut la plus haute estime en son temps, et la plus grande influence sur ses contemporains. Gidel, Hist. de la litt. fran.

C'est en 1524 que mourut Claude de France « la bonne reine », la première femme de François Ier, à laquelle en sa qualité de « première fille de France » fut présenté et dédié le 2e livre des Illustrations, le 1er mai 1512, au château de Blois.

le Dante des Français. Il faisait de Jean de Meung un mora-
liste allégorique, comme l'avait tenté Molinet « moralisée cler
et net » pour Philippe de Clèves. Souvenirs d'école, peut-être ?...

Le délaisement du maître n'atteignait donc pas son œuvre.
Elle demeura vivace à travers tout le seizième siècle, jusqu'à
l'heure où la prose de Balzac et le vers de Malherbe reprirent
à nouveau la réforme classique. Chez Lemaire, elle était encore
fatalement engagée dans les traditions médiévales, comme on
le voit alors dans l'architecture, dans la peinture, et jusque dans
la politique.

Qu'on cesse donc de dire que l'enthoutiaste érudit de Bavay est
venu ou trop tôt ou trop tard ; il est fort opportunément arrivé à
son heure, et c'est la logique même de l'histoire qui lui imposa
une sorte de style amphibie et de transition. Gaulois et latin,
belge et français, ami des proverbes populaires comme des citations savantes, gausseur et enthousiaste, familier et solennel,
réaliste et abstrait, très wallon et très novateur, très crédule et
très hardi, très populaire et très exotique, tout dans ce qu'il écrit,
porte la marque éclatante de son temps, qui fut l'aube douteuse
de la Renaissance. Certes, il a pu dire : « Jay grand peine que
ie ne soie celuy qui bat les buissons et ung aultre prend les
oisillons. Sil est ainsi, il faudra que iaye patience. » Mais depuis
les fortes études instituées sur la Renaissance, on lui rend justice,
on retrouve sa trace partout, et si ce moderniste n'a pas été
toujours heureux, s'il s'est souvent perdu dans la bigarrure et
le clinquant du style asiatique, en croyant fonder un style
digne des Anciens, c'est que l'œuvre ne pouvait venir d'un seul
homme. Elle coûta même plus d'un siècle, si tant est que
l'humanisme a préparé la littérature néo-classique. Conclurons-

nous par une formule favorite de Lemaire : « Car trop en couste la façon. » ? Nullement, puisque *tantae molis erat*..... d'arriver enfin au grand siècle.

Si d'ailleurs il faut regretter que sa vie soit si peu connue, un regret plus grand s'éveille à la lecture de ses écrits. C'est que sa propagande pour la concorde européenne n'ait pas mieux réussi, et ne paraisse pas encore à la veille de se réaliser. Mais sa croisade contre les pays d'esclavagisme semble plus près d'aboutir, et cette fois encore, par une suggestion belge. On ne doit donc pas oublier un homme qui s'inspira si bien des idées de ce pays. Il ne suffit pas non plus de traiter de *gothique* un écrivain qui fonda la Renaissance et semble préluder à la Réforme.

BIBLIOGRAPHIE

A. — MANUSCRITS.

1ᵃ. Manuscrit in-4º vélin de la Bibliothèque de Genève, intitulé *Destruction de Troie*. Il ne contient que le second livre des *Illustrations*, et débute par ces mots : *Quand le cler soleil....* Les pages du Prologue ont été arrachées. Grand désordre d'orthographe, quelques lacunes et ratures. Après la devise : « De peu assez » on lit : « lan de grace mil Vᶜ et douze, le premier iour du moys de may. »

Viennent ensuite les XXIIII Couplets de la Valitude de la royne Anne (2 avril 1511 « avant pasques ») et le double Virelay de nouvelle taille. La signature est bien conforme au fac-similé que donne Leglay (Analectes) ; mais faut-il admettre avec Adolphe Mathieu (Bulletin de l'Acad. t. 37, 2ᵉ série) que le manuscrit lui-même est autographe ? Malgré la beauté de la calligraphie gothique, les ratures, les surcharges et les lacunes semblent indiquer une copie soussignée par Lemaire. L'encre de la signature diffère de celle du texte. Les lettres *Cf*, après *Lemaire*, signifient, sans doute, que l'auteur a *confronté* ou *confirmé*. Ce ne peut-être : *confecit*.

Est-ce un de ces manuscrits que le fameux bressan Bonnivard, le prisonnier de Chillon, légua à la ville de Genève ?

1ᵇ. S. XVI. membr. 4º f. 153 cum picturis de scriptis a Sinnero, II, 415.

Troisième livre des illustrations et singularitez de France orientalle et occidentalle c'est a dire de Gaule et de Troye écrit par Lemaire, dedié à la princesse Anne... royne de France, duchesse de Bretaigne armoricque.

Inc. Prologue. Les ruynes de Troye le grand côme une tres lamentable et piteuse tragédie assez esclarcies nettoyees et purgees de tout erreur fabuleux.

Des. Et à vous nobles lecteurs et auditeurs plaisir et passetemps de ce livre sil vous agree. Acomplyz en la cite de Nantes en Bretaigne ou moy de Descembre lan de grace mil cinq cens et douze.

(Catalogus codicum Bernensium Bibliotheca Bongarsiana) edidit...
H. Hagen.   Bernae, Haller, 1874, in 8° p. 282.

———————

« In fine libri haec leguntur :
« Accompli en la cité de Nantes en X^{re} 1512.
     « Va mon livre et fai tant que de Troye finée
     « La grandeur monte aux cieulx par haulte destinée.
                         « LEMAIRE.
« Pars est 3ª et ultima operis historici J. Lemaire de Belges.

.   .   .   .

« Notatu digna est in limine codicis nostri tabula picta, quae
« Reginam Annam, solio sedentem cum insignibus Reginae Junonis
« exhibet in camera vel cubiculo. Adsunt puellae aliquot, vel fami-
« liares Reginae, vestitu illus œvi indutae. Auctor libri stat ad januam
« cubiculi, vestitu Clericali, praecedente Genio, qui librum Reginae
« tradit. »
(Catalogus Codd. msc. bibliothecae bernensis... cur. J. R. Sinner).
     Bernae, Brunner et Haller 1770, in 8° (t. II, p. 415).

2. *La Couronne Margariticque composee par Jan Lemaire indiciaire et historiographe de Madame Marguerite,* etc. (Mss. ff. de la B. N. n° 12,077), (papier). Au 5e feuillet in 4°, 2 let-trines L et P dont la 1re porte un écusson sur lequel trois hermines sont figurées, et dont la seconde, plus compliquée, porte aussi un écusson à l'intérieur. A droite, le nom de André Dupré, et à gauche : « *Foucre m'a fait.* » Une seule variante importante, signalée en notre tome IV, p. 74.

Au haut du feuillet de garde, on trouve : mil V cent trente deux.

3. B. N. f. fr. 1685, grd in 4° sur papier ; 26 feuillets de texte, reliure récente. Au dos :

Plaincte du Desiré ; fol. 1. v°, magnifique enluminure repré-sentant Louis de Luxembourg sur son lit de mort. Dans le coin gauche, deux sœurs noires agenouillées. Trois femmes, en riche costume bleu ou rouge, déplorent entre elles la mort du prince, conte de Vaulguere et de Ligny, etc. « Sensuyt lepitaphe de Mgr de Ligny. V. notre tome IV, p. 332.

4. B. N. Nouv. Acquisit. fr. n° 4061. Petit manuscrit carré sur parchemin. Dans un huitain, Lemaire dit que « ce petit livret sommaire »
a été écrit en 1498. Il contient des citations, des extraits d'Ovide,
de Mantuanus, etc., des essais de versification, des notes d'apprenti
mémorialiste. En tout 74 feuillets petit in 8°; au v° la devise ;
Nulla sors longa est. C'est d'après Sénèque, Thyeste III, 2, où le
chœur chante :

> Nulla sors longa est ; dolor ac voluptas
> Invicem cedunt, brevior voluptas,
> Ima permutat brevis hora summis.

5. B. N. f. fr. mscr. n° 1721. Recueil factice de poésies françaises de
la première moitié du XVIe siècle. Quelques pièces de Lemaire,
notamment *Fleur flourissant*, *Plume infelice*, et un grand
nombre d'anonymes.

6. B. N. f. fr. Nouv. Acquisit. n° 1412, 6 feuillets grd in 4°. Lettre de
Lemaire à Marguerite (de Bourg-en-Bresse, 20 novembre 1510).

7. Chambre des Comptes de Lille (Cf. Leglay, Analectes historiques,
Mémoires de la Société des Sciences et des Arts de Lille, 1850.)

8. Lettre de Lemaire à Marguerite (1509 ?) Cf. Inventaire des auto-
graphes de Benjamin Fillon, séries V à VIII (Paris, juillet 1878) et
Charavay (Revue des documents historiques, t. III).

9. B. N. mscr. f. fr. n° 22, 326. *La pompe funeralle des obsecques
de son tres catholicque prince le Roy Dom Phelipes de Castille*, etc. — Au fol. 79, Oraison de lacteur en forme de Virelay
double. Sensuyt ung petit traicté intitulé des pompes funebres, etc.
— En note : dédié à Claude de France et composé vers l'an 1514
(écriture du XVIIe siècle). Manuscrit inachevé. Peut-être une copie
dont l'original est perdu.

10. *La Concorde des deux langaiges*, petit in fol. de 28 f. vélin,
reliure en velours. Charles Ruelens croyait que ce beau manuscrit
faisait partir du legs fait par l'évêque Dom Malachie d'Inguimbert
à la ville de Carpentras.
« Ce manuscrit est remarquable par sa belle exécution ; les

petites initiales sont en or sur un champ de couleur ; les grandes
en couleur sur un champ d'or, avec enroulement sur leur plein et
des fleurs dans leur vide.

Deux tableaux (1), chacun d'une page entière, représentant, l'un
le temple de Vénus, l'autre, le temple de Minerve, au sommet d'une
montagne escarpée..... Le volume se termine par la devise ordinaire de l'auteur : *De peu assez*. L'an 1511. » (Catalogue descriptif
et raisonné des manuscrits de la Bibliothèque de Carpentras par
C. G. A. Lambert, biblioth. — Carpentras 1862, 3 vol. in 8°). Extr. du
t. I, 252. N° 408.

M. Lambert incline à y voir un manuscrit autographe. Il se fonde
sur un passage de Lemaire : « ung petit tableau de mon industrie,
assez bien escript et enluminé de vignettes et flourettes » mais
n'est-ce pas une simple fiction dans ce récit plein d'allégories ?
D'ailleurs la composition de *La Concorde des deux langaiges*
peut être antérieure à 1511. Cfr. Ch. Fétis, Mém. couronnés de
l'Acad. de Belgique, t. XXI, p. 30.

11.   B. N. Collection Dupuy, mss. N° 505. Cf. Gachard, la Bibliothèque
Nationale, Notices et Extraits, t. I, p. 93-96. — Voyages des Souverains
des Pays-Bas, Introd. p. XIX (Commission royale d'Histoire, Comptes-
rendus, 2e série, t. 6, Bruxelles 1854). Le premier voyage d'Espagne
de l'archiduc Philippe-le-Beau. Au fol. 23vo Chronique abregee de
treshaulx, tresillustres et trespuissans princes de la maison dAus-
triche pour lan 1503. — 5 feuillets non cotés : « Pour lan mil Vc 5. »
— *Memorialia Indiciaratus* 1507 (simples notes raturées, cor-
rigées, etc.) — Chronicque Annale des princes de la maison dAus-
triche pour lan 6706 (du 4 au 25 avril 1507).

12.   B. R. de Bruxelles, Mss. n° 10, 984-5. — *Ladvisement de
Memoire et dEntendement* de Gauvain Candie, suivi de : *Explo-
ration de Pitié* a lacteur sur la mort de Philibert de Savoie VIIIe.
Beau manuscrit in 4° sur parchemin, sauf quelques feuillets de la
fin. Grand nombre de vignettes et d'enluminures. La première
partie a été « achevée lan mil cinq cens et quatre et le dernier
iour de Septembre. » On rencontre souvent les armes de Savoie.

(1) De Jehan Perréal ?

B. ÉDITIONS IMPRIMÉES.

Rien de plus confus et de plus difficile à établir que la bibliographie de Lemaire de Belges. Les traités in 4º, que généralement on décrit comme formant des publications particulières, dépendent des trois livres d'*Illustrations*. Les petites éditions in-16 ou petit in-8º ont seules été imprimées à part. (Brunet, Manuel du libraire, supplément, I, 828).

1. L'édition la plus exacte, la vraie *vulgate* de Lemaire, c'est le petit in-fol. en lettres rondes de Jean de Tournes, Lyon 1549. Elle nous a servi de base. Le célèbre imprimeur de la Renaissance a pris le titre suivant : Les Illustrations de Gaule et Singularitez de Troye, par maistre Jean le Maire de Belges. Avec la couronne Margaritique, et plusieurs œuvres de luy, non iamais encore imprimees. Le tout reueu et fidelement restitué par maistre Antoine du Moulin, Masconnais, Valet de Ghambre de la Royne de Navarre. — Avec le symbole des deux vipères entrelacées et la devise : *Quod tibi fieri non vis, alteri ne feceris.* M. Emile Picot signale un exemplaire portant la signature autographe de Montaigne (B. N. L. 96) (1). Il est curieux de remarquer que cette édition si soignée ne contient ni le *Temple d'Honneur* ni les *Chansons de Namur*. Le volume se termine par deux couplets en l'honneur de Lemaire, par Claude de St Julien , chevalier, seigneur de Balleure, etc. L'abbé Sallier (Mém. de l'Acad. des Inscriptions et Belles-lettres, t. XIII) dit : « On regarde l'édition de 1549 comme la plus parfaite de toutes. » L'abbé Pernetti (Recherches pour servir à l'histoire de Lyon, I, 520) dit que De Tournes se distingue par la beauté et la netteté de ses caractères,

(1) M. Emile Picot, si connu par ses publications bibliographiques et littéraires, m'a bien voulu communiquer les curieuses fiches de sa bibliographie de Lemaire.

par l'exactitude de sa correction, par le bon choix et le grand nombre de livres qu'il publia. » De Tournes avait, à son service de
correction, de véritables savants. L'orthographe est un peu sim-
plifiée, ce qui étonne dans ce désarroi du XVIe siècle. Cf. Palsgrave
le Quintil Horatian, le Champ fleury de Geoffroy Tory, et les der-
niers travaux sur la langue appelée *moyen-français*. En 1552,
Turnèbe écrivait encore au jeune Est. Pasquier : « Nous n'avons
pas entre nous d'orthographe assurée. » Burgaud des Marets, éditeur de Rabelais, trouve dans une même page le même mot écrit
de trois façons différentes. Cf. Revue Moderne. Rabelais et ses
éditeurs par Emile Chevalier. — Littré, Hist. de la langue fr. I,
522, ne trouve pas de fixité, même au moyen-âge. (1)

2.   *Le temple Honneur et de Vertu*, ouquel sont contenuz les chants
     des bons et vertueux bergiers suppostz de Pan, par Jehan Lemaire,
     discipse (*sic*) de Molinet. Paris, Michel Lenoir, 1503 (2). Cf. Bru-
     net, III, 960. La 2e édition est de 1504 (Brunet, supplément).

     Id. sans lieu ni date, in-4o goth. B. N. Y. 6172. Rés.

     Id. Paris, Lothrian, 1556.

     Id. — in-8o goth. (vers 1556 ?) Cat. Didot 1878, no 194 (*Yemeniz*).
     (Au British Museum).

3.   *Les Chansons de Namur*. Anvers, Henri Heckert (Van Homberch)
     1507, in-4o goth. (Reproduction photo-lithographique par le pro-
     cédé Asser et Toovey, d'après le seul exemplaire connu de la biblio-
     thèque de Rich. Héber, actuellement dans la collection de S. A. R.
     Mgr le duc d'Aremberg.

4.   *Cy commence ung nouveau traicté* nommé la Concorde du
     gendre (*sic*) humain composé à lhonneur de la Saint Conception de
     la glor. Vierge le jour de laquelle fut conclue a Cambray la tres-
     heureuse paix, moyennant la prudence et felicité de Mme Marg.

(1) M. Pierre Janet, éd. de Marot (B. Elz.) va jusqu'à dire pour le
XVIe siècle : « Chaque atelier typographique avait alors ses habitudes
orthographiques. »

(2) C'est son frère, Philippe le Noir, qui disait : « Qui se fye en sa
grammaire, s'abuse manifestement » Palsgrave, tout en raillant l'arbi-
traire des imprimeurs, avouait que la langue française n'était pas assez
parfaite pour empêcher la diversité parmi les écrivains eux-mêmes.

dAustrice et de bourgoigne, ducesse douaigiere de Savoie, regente et gouv^te etc. — In-4° goth. (Brunet, III, 960). 18 feuillets non chiffrés, avec une figure en bois sur le titre. C'est en prose et en vers. Au recto du dernier f. on lit : « Imprimé dedans Bruxelles par moy Thomas de la Noe (Van der Noot ?) le moys que le prince volt premier entrer en icelle, qui fust en ianvier mil cinq cens et wyt et ma dame nasquit en ladite bonne ville le semblable moys là mil cccc quatre vingtz. — Ung certain imprimeur nous a fait Chambray lire là où nous pronnunchons par droicture Cambray, où il cuide enrichir notre langue, o dire vray ou de sa cocquardise (1). Il nous veult faire rire. » — Sur le titre, une figure de la Vierge. Au recto du 2e f. Prologue de Jehan Lemaire ; au verso du dernier, un chevalier armé de toutes pièces. — Brunet renvoie à la Bibliothèque Héber. — Nous n'avons pu retrouver le texte.

5. *La pompe funeralle des obsecques* de feu Roy don Phelipes filz unicque de lempereur Maximilien Cesarauguste. Ung chant nouvel touchant laliance d'Engleterre. Lepitaphe de feu Messire George Chastellain et de maistre Jehan Molinet, iadis Indiciaires et Historiographes de la tresillustre maison de Borgoigne, par Jehan Lemaire, Belgien. —

Imprimé pour M. Ruggieri par Enschedé et fils à Harlem 1868, in-4° goth. fig. sur bois en carton. Douze exemplaires sur peau de vélin ; une des plus belles réimpressions du siècle. Cf. Bulletins de l'Acad. de Belgique, 1884, p. 447.

id. Les funeraulz et solemnelz triumphes ou pompes des exsecques, etc. (imprimé par D. Jouaust pour le libraire Tross à Paris en 1868. C'est une très ingénieuse reconstitution du texte, tentée par M. J. Petit, de la Bibliothèque Royale de Bruxelles, d'après *Die funerallen en deerlike triumphen oft pompen, enz.*).

(1) Dans un mystère de la Passion d'Arras, on lit : « *Cocquart*, evesque des folz, ostez vo chapperon. » (A. Dinaux, Archiv. du Nord, 5e série, V, 377). Cf. La paix faicte à Chambray entre l'Empereur et le trescrestien roy de France avec leurs alliez, 1508. Réimpression gothique à très peu d'exemplaires in-8°, Paris. 1860. L'original de cette œuvre de Nicaise Ladam, officier de l'archiduc, est décrit par M. Picot (Cat. Rothschild I, n° 489).

Dans l'exemplaire de la Bibliothèque Royale, on ne trouve ni le *Chant nouvel*, ni les deux Epitaphes.

6. *La legende des Veniciens* ou aultrement leur cronicque abregeé, par laquelle est demonstré le tresiuste fondement de la guerre contre eulx. — La plainte du Desiré. Les regretz de la dame infortunee. — S. l. n. d. (Lyon, Jehan de Vingle, 1509, in-8° goth). Édition originale (Brunet, III, 961).

Id. avec *Scismes et Concilles*, Paris, Geoffroy de Marnef, vers 1512, in 4° goth. 18 feuill. (Brunet, Supplém. I, 826).

Id. Trois traductions : de Francfort (*Cyriacus*), de Nicolas Mangin von Nanzey, et la 3e , sans indication. Aucune n'est datée. (Dr Rose, Dr de la Biblioth. de Berlin).

L'édition Marnef a un grand bois contenant les armes du roi et de la reine, c.-à-d. de France et de Bretagne, avec cette devise : *Vivite felices*. Le dernier feuillet est au recto, orné de la marque de Marnef, et au verso, d'un bois personnel de Lemaire avec cette inscription tirée de Phèdre : *Si non utile est quod facimus, stulta est gloria.*

Plus bas : *Gallis æternum decus* (un casque et un coq).

Favus distillans labia mea (un perroquet).

De peu assez (au centre, un blason).

7. *Les Illustrations de Gaule et singularitez de Troie.* La première édition du premier livre est d'Estienne Baland, à Lyon, in 4° goth. « et se vend à Paris chez Jacques Maillet et J. Richier. » S. d. (1510?) Cf. Brunet III, 961.

Dans une lettre de Lemaire à Barangier (notre t. IV, 421), on voit que l'auteur a exigé « le nom, le titre et les armes de Madame » (Marg. d'Autriche) pour l'édition parisienne du 1er livre aussi bien que pour celle de Lyon. M. Renouvier (Jehan de Paris, 1861) dit du frontispice de 1511 : « le dessin de Perréal, quoique très ferme de trait, n'a rien d'exceptionnel. »

L'édition de Baland donna d'abord ce distique du dominicain « Petrus Lavinius lingonensis philosophi ad lectorem :

Ingeniosa leges Marii monumenta Joannis :

Gallorum regum quae sit origo docent. »

Ces vers semblent dédiés à François de Rohan, comte-archevêque de Lyon, un grand Mécène du temps.

Le 2ᵉ livre des *Illustrations* fut imprimé en 1512, et le 3ᵉ en juillet 1513, sous un titre spécial (*France Orientale et Occidentale*), tous deux à Paris, « par et pour Geoffroy de Marnef » avec sa marque (1). Aux *Illustrations*, on accola dès le commencement les deux Epistres de l'Amant Verd, l'Epistre du Roy à Hector « et aulcunes aultres euvres assez dignes de veoir, telles que la Différence des Scismes, l'Entretènement de l'union des princes, l'Histoire de Syach Ismaël, le Sauf-conduit du Soudan, le Blason des Armes des Veniciens, leur Légende, la plainte du Desiré et les Regretz de la dame infortunée. » M. Charavay, Revue des docum. hist. III, n'a pas trouvé à la B. N. l'édition de 1510 signalée par Brunet. Le privilège du 1ᵉʳ livre a été entériné le 20 août 1509.

id. Editions à Paris, 1515, 1516, 1517, 1518 (Fr. Regnault, in 4° goth.) 1519, 1520 (Philippe le noir) 1521 (Enguilbert de Marnef et Pierre Viart) 1523, 1524 (Lyon, Jacques Mareschal) 1528 (Lyon, Ant. du Ry, et Paris, Fr. Regnault (2)), 1529 (Ambroise Girault) 1531 (Galliot du Pré), 1533 (Ambroise Girault, décrit par E. Picot. cat. Rothschild, n° 2090). 1540 (Guill. le Bret ; Pierre Vidoue (5 parties en 2 vol.), 1548 (Jehan Longis), J. Réal, J. Bonfont, Poncet Lepreux, Oudin Petit, Arnould Langellyer). M. Picot croit pouvoir attribuer à Perréal les dessins emblématiques qui ornent la première édition. « Les lacs ont quelque ressemblance avec ceux qu'on a exécutés dans l'église de Brou. » Pour le 5ᵉ livre, un grand bois représente Anne de Bretagne, assise sur un trône, et entourée de figures allégoriques. Ce bois, supérieurement gravé, est accompagné de la légende : *Divae Junoni Armoricae Sacrum*. Est-ce que l'ami de Perréal, Geoffroy Tory n'y aurait pas contribué ? On croit aussi à une esquisse de Bourdichon (5).

(1) Ambroise Firmin Didot, Essai typographique sur l'histoire de la gravure sur bois, Paris, 1863, traite Marnef de gothique grossier.

(2) A l'enseigne de l'Éléphant, devant les Mathurins, 5 parties en un vol. petit in fol. goth. à 2 colonnes, avec des bois factrices et baroques. La reliure porte le porc-épic de Louis XII. Cf. Gazette des Beaux-Arts. t. XXXII, 274, note.

(5) Henri Bouchet, Le livre, l'illustration, la reliure, Paris, A. Quantin : « C'est l'école franco-italienne de Fontainebleau qui fournit le plus de gravures aux livres de Lyon. »

A propos d'une édition de Lemaire, Paris, 1529, in-4°, le catalogue du British Museum fait remarquer que la 1re et la 2e parties en appartiennent à Girault, 1529, tandis que la 3e et la 4e sont de Marnef, 1521, et la 5e de Petit, 1523. De même sont mêlées les deux éditions de 1548 et 1549 (Biblioth. Hulthémienne à Bruxelles B. R. n° 29, 987.

Un exemplaire de la Bibliothèque de Lille contient, à côté du 1er livre (1512) et du troisième (1513) le deuxième « imprimé en avril 1516, par le commandement de Jehan Lemaire, indiciaire et historiographe de la Royne, par Nicolas Hygman pour G. de Marnef.

8.   *Le traitié intitulé Difference* des Scismes et Concilles de lesglise
1re édition, Lyon, Baland, 1511, in-4° goth. ; Paris, Marnef 1511 et 1512. Sous le titre : *Promptuaire* avec *Scismes*, soit à Paris soit à Lyon, nombreuses éditions. Cf. Brunet III, 965, et Suppl. I, 828. On trouve 1513, 1517, 1528, 1532, 1533, 1545, 1546, 1547 (« par J. L. elegant historiographe. Traitié singulier et exquis) et 1548.

Traductions : 1° Simonis Schardii liber de Schismatis, Argentorati, 1609. Id. Conciliorum Gallicanae ecclesiae praestantia, Basileae 1566.

2° De Ludov. Camerarius, Lipsiae 1572 ;

3° The abbrevyacyon of all generall concellys holden in Gallia, London, 1539 (Th. Grässe, Trésor IV, 157).

9.   La Couronne Margaritique, Lyon, Detournes, 1549, fol. (rarement détaché des *Illustrations*).

10.   *Les 2 Epistres de lamant verd.* Girault 1533. Et sous le titre : « *Triumphe de lamant verd* compris en 2 epistres fort joyeuses envoyés à Mme Marg. Auguste. » Paris, Denys et Simon Janot, 1533. Elles accompagnent généralement les *Illustrations* dès leur première édition. A propos de ces opuscules, Lemaire (Lettres à Guill. Cretin, II, 257 de notre édition) se plaint amèrement de la négligence des imprimeurs « tant à Lyon qu'à Paris. » Il ne fait grâce qu'à Raoul Cousturier, chargé de surveiller la composition du 5e livre des *Illustrations*.

La Bibliothèque Nationale de Paris possède une édition originale

du *Triumphe de lamant verd,* non mentionnée par Brunet,
mais décrite par Charavay, Revue des documents historiques III, 40
C'est un petit in-4° de 12 ff. non chiffrées sig. a-b ; il commence par
une lettre à Jehan Perréal, etc. « Imprimé à Lyon par Estienne
Baland, imprimeur de la dicte cité, demourant ou lieu dict Paradis,
entre la grand rue du Pont de Rhone et N. D. de Confort. Et se
vendent ou dict lieu, et chez maistre Jehan Richier de Paris *Rhe-
toricien,* en la grand rue de S¹ Jehan, pres de Porte Froc deuant
le Faulcon. Et en rue Merciere, pres du maillet Dargent (Lyon). »

11. *Traictez singuliers* contenus au present opuscule. Les trois
comptes intitulez de Cupido et de Atropos dont le premier fut
inventé par Seraphin poete italien. Le second et tiers livre de
linvention de maistre Jehan Lemaire et a esté ceste euvre fondee
affin de retirer les gens de folles amours. Les epitaphes de Hector
et Achilles avec le iugement de Alexandre le Grand, composees par
G. Chastellain dict lauenturier. Le temple de Mars fait et composé
par J. Molinet. Plusieurs chantz royaulx, balades, rondeaux et
Epistres composees par le feu de bonne memoire maistre Guillaume Cretin nagueres chantre de la saincte Chapelle du Palais.
(Galliot du Pré, 1525, 8°).

L'apparition de feu mareschal de Chabannes, fait et composé par
ledit Cretin. Il se vend à Paris en la grant salle du Palais en la
boutique de Galliot du pré. 1526.

M. Picot (Cat. Rotschild n° 487) ajoute que le conte attribué à
Serafino Aquilano ne se retrouve pas dans ses œuvres, Rome, 1502.
Paquot, III, 6, cite en outre : « Les 5 comptes intitulez.... avec le
plaidoyer de lamant douloureux et de la dame au cœur changeant,
par Maître G. Cretin.... Paris, Jehan Sainct Denys, in-12, sans date. »

12. *Epistre du Roy a Hector* et aucunes choses dignes de veoir ; dans
l'édition générale de Marnef et dans les autres subséquentes.
L'Epitre est presque toujours ornée du bois allégorique : *Dive
Junoni Armorice sacrum.* Entre l'édition de 1516 et celle
de 1528, il y a beaucoup de différences orthographiques ; 1528 marque une tendance à revenir à l'orthographe plus simple du moyen
âge, l'édition 1533 ne fait que reproduire 1528. L'édition *princeps*

est d'août 1515 « pour Geoffroy de Marnef » mais celle que ce libraire
juré de l'Université donna in-4º en 1516 porte encore l'indication
« par le commandement de maistre Jan le Maire indiciaire et hys-
toriografe de la Royne. » Marnef demeurait « à l'enseigne du Pel-
lican, devant Sainct Yves. »

M. Renouvier (l. c.) dit : « C'est dans l'épitre à Hector que se
trouve un morceau capital. Il représente Anne de Bretagne sur
un trône, habillée à l'antique en Junon, à l'angle d'une enceinte
formée par une balustrade dont le sol est jonché de fleurs ; à droite
de la reine, est la figure de la Puissance, et à gauche, un Amour (1)
lui présente un livre. Sur le devant, s'ébattent trois demoiselles avec
un lévrier, et on voit un paon et deux tiges de fleurs de lis naturel-
les ; dans les nuages du fond est le mercure Gaulois. Cette composition est empreinte de Renaissance et s'éloigne en cela du caractère
des dessins précédents de Perréal. »

13   *Traicté de louverture du sainct Sepulchre. Autrement :*
Recueil sommaire du voyaige des Chrestiens en la Terre
Saincte. Jean le Feron parle de ce livre dans son traicté des Rois
d'armes ou Heraults, feuillet 39. Il a paru aussi sous ce titre : Le
sauf conduict du Souldain aux Françoys pour frequenter en la terre
Saincte ; avec le blazon des armes des Veniciens. Imprimé pour
maistre Jan Lemaire, Indiciaire et Historiographe, par Estienne
Baland, Imprimeur de Lyon, demourant en la grand rue du Puys
Pelu, etc. 1511, in-fol. (Paquot, Mém. pour servir à l'hist. litt. des
P. B. Louuain, 1764, III, 10.) Paquot affirme que deux compléments
de cet ouvrage n'ont été que proposés ou projetés par Lemaire et
n'ont jamais vu le jour. Ce sont : 1º *Généalogie des Turcs et*
leurs gestes jusques à notre temps ;

2º *Géographie ou description de la terre de Turquie et des*
isles voisines. Ce sont ces deux ouvrages que l'auteur des *Illus-*
trations promet en divers passages et pour lesquels il dit qu'il a
fait un voeu solennel « sur le grand autel de St Pierre de Rome »
V. notre t. III, 474.

(1) On dirait un portrait. Serait-ce celui de Lemaire ? Il vante les peintures de son ami dans la Peroration de la Légende de Vénitiens, dans
le temple d'Honneur et dans la Plaincte du Désiré.

14. *Le triumphe de treshaulte et puissante Dame V....., Royne du Puy damours*; nouvellement composé par linventeur des menus plaisirs honnestes. Lyon, Françoys Juste, 1539-8°. Cette attribution faite par Paquot et par de plus anciens érudits, est contestée par M. Anatole de Montaiglon (Réimpression avec le fac-similé des bois, Paris, 1874). Le savant éditeur (Préface, p. 11) donne pour arguments les différences du style et la date de la première édition (1539) postérieure à la mort de Lemaire. M. de Montaiglon songe plutôt à Rabelais. (1)

(1) En terminant cet essai de bibliographie, nous ne pouvons que témoigner le regret de n'avoir pas été devancé par les auteurs de la *Bibliotheca Belgica*.

FIN.

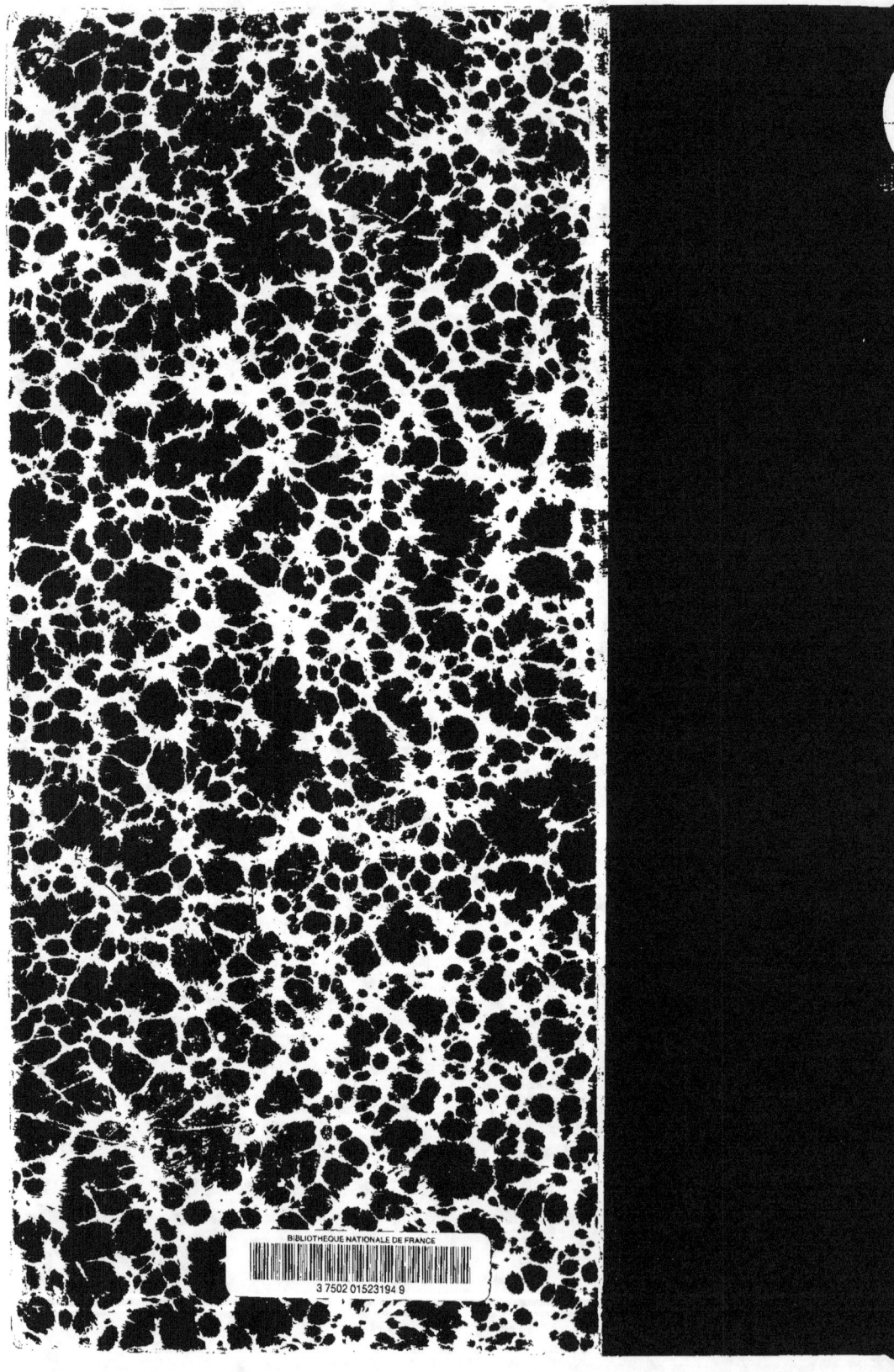